Christiane Höhmann
Puppenvater

Christiane Höhmann

Puppenvater

Kriminalroman

Prolibris Verlag

Die Autorin
Christiane Höhmann studierte Germanistik und Anglistik in Berlin und Göttingen. Sie arbeitet als Lehrerin an einem Gymnasium und als Autorin für Deutsch-Lehrbücher. Bisher veröffentlichte sie Lyrik und Kurzprosa. Sie lebt seit 24 Jahren in Paderborn, ist verheiratet und hat zwei erwachsene Töchter. Ihre freie Zeit verbringt sie am liebsten in Vlotho an der Weser, wo ihr auch die Idee für den Krimi „Puppenvater“ kam.

Handlung und Figuren dieses Buches entspringen der Phantasie. Darum sind eventuelle Übereinstimmungen mit lebenden oder verstorbenen Personen zufällig und nicht beabsichtigt.

Originalausgabe 1. Auflage 2006

Tel.: 0561/7 66 44 9-0, Fax: 0561/7 66 44 9-29

Titelfoto: Stefan Negelmann, Berlin
Druck: Thiele & Schwarz
ISBN-10: 3-935263-38-4
ISBN-13: 978-3-935263-38-2

www.prolibris-verlag.de

Ich bin Niemand und werde auch Niemand sein.
Jetzt bin ich ja zum Sein noch zu klein;
aber auch später.

Mütter und Väter,
erbarmt euch mein.

R. M. Rilke: Das Lied der Waise, aus: *Das Buch der Bilder*

Prolog

Es ist kalt. Kühler Tau tropft lautlos von kahlen Ästen.

„Es ist morgenfrisch. Ein morgenfrischer Wintermorgen. Ja, so kann man es sagen." Helmut schaut zufrieden auf den sanft vorbeiströmenden Fluss. „Aber Frost, nein. Frost hat es noch nicht gegeben. Kein Frost in diesem Winter - bisher." Er ist wie an jedem Morgen mit Horst, seinem Berner Sennenhund, reinrassig, versteht sich, den Weg durch die Ortschaft Uffeln gegangen, bis hierher, zu dieser großen Wiese, an der die Weser langsam und gemächlich und immer beruhigend hinunterfließt. Zuerst die Wohnung abschließen, die Treppe vorsichtig hinuntersteigen, mit Horst an der Leine aus dem Haus neben dem Getränkeladen und dem kleinen Imbiss treten und dann die Tür sorgfältig hinter sich zuziehen. „Nicht zuschließen, nicht zuschließen", es ist ja hell draußen und es gibt nichts zu befürchten.

Der kleine Zeitschriftenladen mit der Postfiliale hat schon auf, die Eisdiele geschlossen, sie öffnet erst am späten Vormittag, wenn die Kinder aus der Schule kommen. Im Moment natürlich überhaupt nicht, wegen der Winterpause.

Seitdem Helmut vor zwei Jahren pensioniert worden ist, etwas früher freilich als normal, nämlich mit fünfundfünfzig, gibt es für ihn und Horst nichts Wichtigeres mehr als diese Morgenspaziergänge, die im Winter stets um neun Uhr beginnen und um zehn Uhr dreißig beendet sind. Immer derselbe Weg, immer die Rintelner Straße, eine gefährliche Landstraße ohne jeden Fußgänger- oder Fahrradweg, den Autos entgegen in Richtung Rehburg. Erst durch den zweiten Ortsteil von Uffeln. Auf der linken Seite, natürlich, auf der linken Seite. Wie damals schon der Vater.

Das ist das Wichtigste am Morgen für Helmut und natürlich auch für Horst. Es ist wie zur Arbeit gehen. Man tut es und dann ist es fertig und man kann das nächste tun. „Immer eins nach dem anderen", Helmut sieht sich kurz um. Hat er das etwa laut gesagt?

Horst dreht den Kopf leicht, gibt aber keinen Ton von sich.

„Ja, der Fischer-Günther, mein bester Freund", fängt Helmut wieder an, während er dem ruhigen Fließen des Wassers mit den

Augen folgt. „Der Günther Fischer, jetzt Abteilungsleiter, ja", fährt er fort und am liebsten hätte er noch laut und kräftig „Madagaskar, Madagaskar" hinzugefügt, aber er weiß schon, wie die Leute reagieren, wenn er, aus tiefen Gedanken kommend, plötzlich „Madagaskar, Madagaskar" sagt, was ihn beruhigt wie sonst nichts auf der Welt.

„Von dem halten wir jetzt auch nicht mehr viel. Stimmt's? Der kann uns geradezu gestohlen bleiben, jawohl, gestohlen."

Aber Horst antwortet nicht.

Warum will Helmut von Günther nichts mehr halten? Er überlegt einen Augenblick. Er hat es vergessen. Für heute, für diesen wichtigen Moment an seinem liebsten Flusslauf hat er es vergessen. Aber später, ja, später wird es ihm wieder einfallen und dann wird es ihn die ganze Nacht quälen. Wie die Sache mit Mohammed. Mohammed, so hieß der Busfahrer in ... wo war das gleich? Ägypten ... in Kairo, war das, ja in Kairo. Helmut muss etwas in sich hineinlächeln. Kairo, griechisch: der erfüllte Augenblick. Der Höhepunkt. Und so heißt da die ganze Stadt.

Mohammed, der Taxifahrer. Der Taxifahrer oder der Busfahrer? Helmut hatte neben ihm gesessen, die ganze Fahrt lang. Das war sehr wichtig gewesen, denn Mohammed wollte ihm, Helmut A. Benedikt, Dipl.-Theol., damals vierundfünfzig Jahre alt und seit fünfundzwanzig Jahren im Dienst, nicht glauben, dass die Originalsprache des Koran, die originale, mündliche Überlieferung das Aramäische ist, jawohl aramäisch. Er hatte Stunden damit verbracht, dies Mohammed während der Fahrt genau zu erläutern, aber der hatte sich nur den Magen gehalten, dafür musste er ständig eine Hand vom Lenkrad nehmen und den Wagen einhändig steuern, das stelle man sich mal vor, mitten in Kairo, und hatte etwas von seiner bevorstehenden Operation gefaselt, vor der er offenbar eine geradezu unwürdige Angst hatte.

Später war er dann sehr, sehr ungeduldig geworden. Er hielt auf einmal an und bat Helmut und Greta höflich, aus dem Taxi zu steigen. Mitten in der Wüste! So schien es Helmut wenigstens, zwischen all diesen Baracken, die im roten, staubigen Sand standen. Aber Greta hatte einen Stadtplan dabei gehabt und schnell den nächsten Taxistand gefunden. „In dem Wagen hältst du aber jetzt deinen Mund", sagte sie, als sie ein anderes Taxi bestiegen, und wischte sich auf ihre typisch unnachgiebige Art und Weise den Schweiß von der Stirn - von rechts nach links, statt umgekehrt, wie es sich doch für einen Rechtshänder gehört, und er hatte sich gleich nach hinten gesetzt. Bitte sehr, wenn man so mit ihm umgehen wollte, bitte sehr. Er konnte schweigen. Oh ja, das konnte er. Dabei hätte er Mohammed noch so gerne auf seinen wichtigen zweiten Namen - Ansgar, wie der heilige Ansgar, dessen Grabstätte in Bremen er erst kürzlich besucht hatte, und vor allem auf seinen Nachnamen hingewiesen, Benedikt.

Seitdem der Jupp, oder natürlich der Sepp, wie die Bayern sagen, jetzt in Rom an erster Stelle ist, weist Helmut gerne darauf hin, dass sein voller Name Helmut Ansgar Benedikt ist. Er ist sogar schon beim Geburtshaus Benedikts des XVI. gewesen und hat sich eigenhändig etwas Kalk von dem alten Haus gekratzt und in einem Schmuckkästchen, das er aus dem Nachlass von Tante Simone hat, vorsichtig nach Hause transportiert. Und das alles, obwohl er gar nicht gerne reist.

Es wäre doch wichtig gewesen, in diesem Gespräch auch darauf hinzuweisen, zumal Mohammed gewiss nie nach Marktl am Inn kommen würde. Geschweige denn nach Rom. Das würde sich der arme Schlucker doch nie im Leben leisten können. Aber er - Helmut Ansgar Benedikt - konnte schweigen, ja, das konnte er.

Er schwieg dann auch, als Greta nach dem Urlaub meinte, sie würde sich vielleicht irgendwann einmal wieder bei ihm melden. Das hat sie bis heute nicht getan. Dabei ist sie eine alte Kollegin aus dem Regierungspräsidium, mit der er immer in den Urlaub gefahren ist, schon seit ... seit etwa, das müssen jetzt doch tatsächlich schon zwanzig Jahre sein. Greta saß in der Beihilfe-Abteilung und bearbeitete die Anträge von Beamten eines halben Regierungsbezirks. Er dagegen hatte es zu etwas gebracht. Sogar bis zum schulfachlichen Dezernenten. Da konnte sie doch eigentlich sehr froh sein, dass er immer wieder mit ihr den Urlaub verbracht hat.

In die Stille hinein fängt Horst plötzlich an zu bellen.

„Still, Horst, still doch", Helmut pufft den Hund etwas in die Seite. „Was ist denn bloß los heute, was, he?"

Horst hört auf zu bellen, aber dafür knurrt er.

Überhaupt, der ist heute schon den ganzen Morgen so komisch. Seitdem sie aus dem Haus gekommen sind, ja, schon bei dem Getränkehändler, bei Herbert, war er stehen geblieben und hatte sich nur schwer weiterziehen lassen. Und da war gar nichts. Helmut hatte zwei Mal nachgeguckt.

Und hier war auch wieder nichts. Keine Katze, kein strenger Geruch, noch nicht einmal einer von diesen widerlichen Fröschen, die diese Gegend bevölkern, weil sie im Frühjahr zum Laichen aus dem Wald an die Weser ziehen und im Sommer als Miniausgabe wieder zurück in den Wald. Überall quatscht es einem unter den Schuhen, wenn man im März und April, im Juni und Juli auf diese Widerlinge unterschiedlichster Größen trifft. Horst frisst sie sogar, zumindest die kleinen unter ihnen. Da könnte man ja noch drüber wegsehen, aber immer muss er sie vorher endlos anknurren. Doch heute sind keine Frösche da. Nicht im Winter! Trotzdem knurrt Horst und will einfach nicht weiter.

„Horst, Horst, wir zwei, was? Wir machen das schon, jawohl", versucht er es wieder, als Horst sich dreht, an der Leine zieht und plötzlich knurrend wittert. „Still jetzt", Helmut pufft den Hund heftiger in die Seite, was er nur tut, wenn es gar nicht zu vermeiden ist. Und da sieht er es auch: eine Mulde im Gras. Fast unmittelbar am Ufer, etwa fünfzehn Meter von hier. Helmut hat es schon im letzten Jahr empörend gefunden, dass der Bauer, der Besitzer dieses kostbaren Landstückes, das Weserufer nicht vor Einbruch des Winters ordentlich abgemäht hat. Im November war er schon drauf und dran gewesen, ihn daran zu erinnern, dass das Gras in der kalten Jahreszeit unmöglich so hoch bleiben könne. Das war ausgeschlossen, ganz ausgeschlossen. Aber es wird eben heute nicht mehr so gearbeitet, wie man es von früher her gewohnt ist. Auch nicht in der Landwirtschaft, ja.

Oder hatte der vor, die Pferde auch im Winter noch da draußen grasen zu lassen? Aber nein, die waren ab November nicht mehr zu sehen.

Das Gras am Weserufer ist niedergedrückt. Nicht tief, selbstverständlich. Aber man sieht sehr deutlich die abgeknickten Halme. Und dann die Puppe. Ein zartes Persönchen eigentlich. Sie liegt auf der Seite und streckt einen Arm in die Höhe. Warum macht sie das? Solche Puppen sind biegsam, nicht nur in den Gelenken.

„Was tust du da, Horst?“, fragt Helmut, noch immer ganz in Gedanken, „was tust du da?“ Horst hat Helmut ganz nahe an das weibliche Wesen herangezogen, sodass er jetzt unmittelbar über der Puppe steht. Ihre rotweiße Mütze mit einem schmuddelweißen Bommel oben drauf ist verrutscht und hängt ihr halb über das Gesicht. Nur ein Auge ist zu sehen, das blicklos nach oben starrt, und ein roter Kirschmund.

Es ist indiskret, weiter in das tote Gesicht zu starren, findet Helmut. Er schaut vorsichtig an der Puppe herunter. Der rote Mantel mit der weißen Kunstfellpasse geht ihr kaum bis zum Oberschenkel. Er ist schmutzig und zerrissen und auch nicht richtig zugebunden.

„Madagaskar, Madagaskar“, sagt Helmut. Er dreht das Mädchen auf den Rücken und setzt ihr die Mütze ordentlich auf den Kopf. Dann schließt er den Mantel, indem er die beiden Seiten übereinander legt, und bindet ihn sorgsam zu. „Ein Nikolausmantel“, sagt er laut, nimmt die Puppe vorsichtig auf und legt sie sich über die Schulter. Horst bellt zustimmend.

1

Anne Schall, Hauptkommissarin aus Bielefeld, ist an ihrem ersten Urlaubsmorgen erst um halb elf so wach, dass sie sich einen Cappuccino machen kann, den sie an das breite Bett in ihrem kleinen Schlafzimmer mitnehmen wird. Während sie in ihrer Küchenecke darauf wartet, dass die kleine italienische Cappuccino-Maschine in Wallung kommt, reißt sie beide Fensterflügel auf und reckt sich wohlig in der frischen Waldluft, die noch nichts von der zu erwartenden Hitze des Sommertages spüren lässt.

Endlich Urlaub! Der erste in ihrem neuen Ferienhaus, nachdem sie sich von dem Häuschen unten am See getrennt hat.

Für diese einsam gelegene Hütte aus Holz mit roten Fensterläden, eine alte Jagdhütte, hat sie sich schon interessiert, seitdem sie ihren Urlaub in dieser Gegend verbracht hat, also von Anfang an. Und als sie mit der Besitzerin des Waldes ins Gespräch kam, stellte sich heraus, dass die Familie eigentlich keine Verwendung mehr dafür hatte.

Anne hatte sich schnell entschlossen, das Haus gekauft und mit ihren letzten Ersparnissen renovieren lassen.

Das einsame Leben hier oben im Wald ist doch etwas anderes als das Getriebe eines Campingplatzes im Sommer. Der schönste, der natürlichste und einsamste Ort im ganzen Weserbergland!

Sie nimmt die Cappuccinokanne vom Gas und fängt an, die auf der zweiten Flamme angewärmte Milch aufzuschäumen, dabei fällt ihr Blick aus dem offenen Fenster durch die kleine Tannenschonung hinunter ins Tal auf den See und dahinter auf den Fluss. Die Sonne glitzert auf der Wasseroberfläche, die Bäume rauschen in dem ständigen leichten Wind, auch im Sommer. Jetzt, gegen elf, wirft die Sonne Flecken auf die Rasenfläche vor ihrem Haus und erreicht die Terrasse, deren rote Bodenplatten aufleuchten. Auf dem kleinen Gartentisch stehen noch glitzernde Tropfen.

Gleich wird sie sich draußen ein Gedeck hinstellen, aufgebackene Brötchen, Käse, Schinken und Salami, und wird ganz in Ruhe in der Sonne die Zeitung von gestern lesen. Aber erst noch einmal für ein paar Momente zurück in die Wärme des Bettes.

Kaum zu begreifen die Stille und die Leere hier, nach den anstrengenden letzten Wochen. Das Verschwinden der Schülerin und der Mord an der alten Frau haben ihr doch mehr zugesetzt, als sie es sich eingestehen wollte. Und dann noch die Vergewaltigung einer älteren Frau in der letzten Woche vor ihrem Urlaub.

Aber darüber will sie jetzt nicht nachdenken.

Selten einmal ist ein Auto von Ferne zu hören, zwei Mal in der Stunde erklingt ein lauter werdendes, plötzliches Rauschen, endet wieder und beginnt erneut, schwillt an, bis es sich direkt unter ihr befindet. Ein Zug der Eurobahn passiert dann die alte Eisenbahnbrücke in Uffeln, verschwindet anschließend in den dichten Büschen und Bäumen am Waldrand und taucht plötzlich unterhalb des Hanges wieder auf. Ein sehr moderner, leicht wirkender, blau-gelber Zug, bestehend aus nur zwei Waggons. Kürzlich hatte sich Anne mit Niklas, ihrem Sohn, der ihr beim Einzug in die Hütte geholfen hat, im Spaß darüber unterhalten, ob dieser Zug denn nun auch ein Schienenbus sei, so wie früher die Züge, die nur aus zwei Wagen bestanden. Für Anne waren Schienenbusse aus rotem, schwerem Metall, nicht solche schicken leichten Gefährte, die so schnell an einem vorbeirauschten. Niklas kannte gar keine Schienenbusse mehr. „Ein Bus auf Schienen. Was soll das sein?“, hatte er belustigt gefragt.

Am frühen Nachmittag fährt Anne mit dem Fahrrad in die Stadt. Den Borlefzener Kirchweg hinunter, am Alten Forsthaus vorbei Richtung Rehburg, Uffeln. Die Straße ist ziemlich ruhig, nur zweimal hört sie ein Auto hinter sich, das kurz abbremst, um den Gegenverkehr vorbeizulassen oder um die Fahrradfahrerin mit gebührendem Abstand überholen zu können. Obwohl die schmale Landstraße keinen Fahrradweg hat, fühlt sich Anne heute nicht gefährdet durch den Verkehr. Ihr Blick liegt auf der lieblichen Landschaft, die sie in Ruhe wiegt, die sanften Hänge über dem Fluss, die kleinen, weißen, würfelförmigen Häuser mit den roten Dächern, das satte Grün überall. Das Korn steht hoch, nicht zu verstehen, dass es noch nicht abgeerntet ist, jetzt, Anfang August, nach der langen Trockenperiode.

In Uffeln biegt sie nach links ab und überquert die Weserbrücke, fährt dann nach Vlotho hinein, passiert die immer ruhige Fußgängerzone, in der das Radfahren erlaubt ist, und kommt schließlich rechts den Berg hoch an der Grundschule vorbei zu dem einzigen Fahrradgeschäft der Stadt. Sie will die Sonderangebote des Fahrradhändlers durchsehen, der seinen Laden aus Altersgründen schließen wird. Vielleicht findet sie dabei eine günstige Satteltasche, die sie für ihre längere Radtour auf dem Weserweg Richtung Hameln braucht.

Aber der Laden ist geschlossen. Es ist auch erst zehn vor drei, stellt Anne fest. Manchmal schwierig, sich an die Geschäftszeiten der Kleinstadt zu gewöhnen. Ein Teil der vielen kleinen Läden ist geschlossen und steht mit hässlich verklebten Schaufenstern leer. Die Mieten wahrscheinlich nicht mehr bezahlbar. Nur um den Aldi-Markt herum floriert das Geschäft. Aber dort gibt es auch keine strikte Mittagspause von eins bis drei.

Anne holt ein Brötchen aus dem Rucksack und lehnt sich an die Schaufensterscheibe. Als sie aufgegessen hat, dreht sie sich wieder zum Schaufenster und sieht sich die Auslagen genauer an. Was steht da auf dem Schild? Sie greift in ihren Rucksack und kramt ihre Lesebrille heraus.

„Freitag ab 13 Uhr geschlossen."

„Was?" Sonst sind die Geschäfte doch nur am Mittwochnachmittag geschlossen. „Mist!" Wahrscheinlich ist der Ausverkauf auch schon beendet.

Sie setzt den Fahrradhelm wieder auf und dreht das Rad um. Auf dem leeren Hof der Grundschule sitzen ein paar Jugendliche, von denen einer ihr kurz etwas zuruft, als sie vorbeifährt. Was, versteht sie nicht, aber die anderen brechen darüber in lautes Lachen aus.

Der Treffpunkt der Jugendlichen am Wochenende, der menschenleere Schulhof, auf dem man endlich einmal das tut, was man in der Hetze des Schulmorgens nicht kann: Ruhig auf irgendwelchen Steinstufen abhängen, baggern, lästern und labern, während die Nachmittagssonne sich von den Bäumen langsam auf das Schulgebäude mit den hohen Fenstern zubewegt und man die menschenleere Schule fast hinter sich atmen hört. In diesem Jahr waren die Ferien bereits Ende Juli zu Ende, sodass die Kinder nun schon wieder vormittags in den Räumen schwitzen müssen.

Beim Weiterfahren fällt Anne wieder auf, wie ruhig die Innenstadt ist, die jetzt in der heißen Nachmittagssonne liegt. Eine Atmosphäre wie in ihren Kindersommern in der Kleinstadt am Neckar. Ferientage, an denen sie sich beim Frühstück mit ihrem Cousin hauptsächlich darüber stritt, ob sie heute den langen Fußweg zum Freibad am Fluss machen oder doch lieber oben im Wald an ihrer Holzhütte weiterarbeiten und sich später in der Stadt ein Eis kaufen sollten, von den letzten ersparten Pfennigen. In diesen Ferienzeiten vergingen die Nachmittage so langsam wie die ganze Kinderzeit. Immer gab es etwas, auf das man warten und sich freuen konnte: das liebevoll von der Tante zubereitete Abendbrot, das Gefühl, erhitzt von der Sonne, abgekämpft, ausgetobt und rechtschaffen müde aus dem Schwimmbad im Zeitlupentempo den Berg hinaufzulaufen. Lange aufbleiben dürfen, weil Ferien sind.

Bevor die Kommissarin wieder in die Rintelner Straße Richtung Möllbergen einbiegt, hält sie an, schließt ihr Fahrrad an einen Laternenpfahl neben den bereitgestellten Fahrradständern und lässt sich auf einen der bequemen Korbstühle vor der Eisdiele fallen. Zum Glück kann man im Urlaub auf alte, bequeme Hosen ausweichen, die nicht kneifen, wenn man sich gerade gemütlich hinsetzt, um sich ein Eis mit Sahne und Soße zu genehmigen. Anne streicht ihr schwarzes Haar wieder in die Stirn. Es hält dort nicht. Es hält natürlich nie. Vielleicht sollte sie sich doch einen neuen Haarschnitt zulegen. Aus diesem dichten schwarzen Haar, das bisher nur an den Schläfen grau-weiße Stellen aufweist, sollte sich doch auch mit Anfang fünfzig noch etwas machen lassen. Aber sie konnte sich noch nicht so richtig aufraffen, zum Friseur zu gehen. Dort wird sie sich wieder zwei Stunden lang intensiv im Spiegel gegenübersitzen müssen. Warum eigentlich stört es sie so, dass sie ständig dicker und, wie sie findet, unansehnlicher wird?

Ihre Beweglichkeit schränken die paar Kilos Übergewicht doch wirklich noch nicht ein. Und so weit würde sie es auch nicht kommen lassen. Und sonst? Warum ist es so wichtig, mit fünfzig noch gut auszusehen? Geht es immer noch darum, für Männer attraktiv zu sein? Dabei hat sie sich für Männer eigentlich nie übermäßig interessiert. Ein abgelegter Ehemann und das eine oder andere kurze Intermezzo in den letzten Jahren. Aber das Kapitel konnte sie ja sowieso wahrscheinlich bald zu den Akten legen.

Vielseitig interessierte Single-Frau, Kriminalkommissarin mit einem Hang zu Wanderklamotten und mit einer Hütte im Wald, sucht ... Ja, was oder wen denn eigentlich? Sie suchte doch nicht wirklich jemanden.

Sie war doch alleine sehr glücklich.

Und dafür auf einen schönen cremigen Eisbecher mit süßer Soße und einem weichen Sahneberg zu verzichten? Eigentlich nicht. Im Urlaub schon gar nicht. Das Älterwerden würde ohnehin noch mit reichlich Verzicht in allen möglichen Bereichen einhergehen. Es kommt eben darauf an, auf ästhetische Weise dick zu sein. Schön und sorglos, was das Äußere betrifft. Als sie mal eine Zeitlang sehr selbstbewusst mit ihren Pfunden umgegangen war, so wie Marianne Sägebrecht etwa, da hatte sie mehr männliche Beachtung als zu allen anderen Zeiten ihres Lebens gefunden. Annes Freundin Doro sagt immer: „Ich bin nicht schlank, aber ich halte mich immer gerade." Anne muss lachen, wenn sie an den Gesichtsausdruck denkt, mit dem Doro das verkündet.

Vanessa Weise fällt ihr ein. Diese intelligente Vorkämpferin für die Sache der Frauen hat auf Anne schon immer großen Eindruck gemacht. Anne hat vieles von dem gelesen, was sie geschrieben hat und einiges davon hat sie in ihrer persönlichen Entwicklung entschieden weitergebracht. Kürzlich hat sie Frau Weise in einer Ausstellung im Berliner „Kulturforum" gesehen. Zusammen mit einer jungenhaft-sportlichen Frau, die von Vanessa gelegentlich gestreichelt oder in den Nacken geküsst wurde, lief die weltbekannte Schriftstellerin, die jetzt gut über sechzig sein musste, nahe an Anne vorbei und schaute sich die Bilder in der vom Audio-Guide vorgeschlagenen Reihenfolge an. Anne ruhte sich gerade auf einem der großen Ledersessel vor den Bildern aus. Vom Anblick ihres Idols war sie schockiert. Vanessa war nicht schön dick.

Sie alterte auch nicht schön. Sie trug ein meliertes, fast bodenlanges Hängekleid aus Pannesamt und dazu schwarze Flechtsandalen. Von hinten wirkte sie kastenförmig, von vorne schwanger. Ihr Kleid beutelte sich zu einem unschönen Spitzrund nach vorne aus, auf das sie die Arme abstützte. Das würde ich in diesem Falle auch tun, dachte Anne. Dann aber ärgerte sie sich über sich selbst. Warum nur war das Aussehen so entscheidend? Wenn Vanessa Weise Erich Fried oder Martin Walser gewesen wäre, hätte Anne doch ihre alternden Körper eher mit Rührung betrachtet, selbst wenn diese auf provozierende Weise an den menschlichen Verfall erinnern.

Die letzte Dichterlesung von Fried, die sie miterlebt hatte, war vor allem deshalb so ergreifend gewesen, weil der beleibte Mann so alt und so gebrechlich war. Beim Gang auf die Bühne musste er gestützt werden. Damals war er schon schwer erkrankt. Alle liebten ihn in seiner Verletzlichkeit. Wie anders wäre das gewesen, wenn statt seiner eine alte Frau gelesen hätte, die sie alle noch in der Mitte ihrer Jahre kennen gelernt hatten?

Eine Frau muss schön, mindestens aber körperlich attraktiv sein, da nützen auch alle Verdienste nichts, die sie sich um die Menschheit erworben hat. Wie lange wird das wohl noch so bleiben?

Anne leckt den Eislöffel ab und gibt dem Kellner ein Zeichen. Sie will heute Nachmittag auf jeden Fall wieder einmal die vielen dicken Enten vom Badestrand am Campingplatz verscheuchen und lange im See schwimmen, bevor sie sich auf den Rückweg den Berg hinauf in ihren Wald macht.

Auf der Landstraße Richtung Möllbergen beschließt sie, ab Rehburg den verbotenen Feldweg zum See zu benutzen. Vermutlich gibt es hier keinen richtigen Weg an der Weser entlang, um zu verhindern, dass jemand hinten herum auf den Campingplatz neben dem Feld gelangt, ohne Eintritt zu entrichten. Sie schiebt ihr Fahrrad unter der verwitterten Schranke durch, an dem „Betreten verboten"-Schild vorbei und schwingt sich wieder auf den Sattel. Sie fährt bis zu der großen, eisernen Eisenbahnbrücke, die besonders im Winter, wenn sie sich noch deutlicher über die karge

Landschaft erhebt, der Weseraue eine Atmosphäre gibt, wie von Caspar David Friedrich gemalt. Erst danach beginnt eine Wiese voll hoher Disteln und Dornen, durch die man das Fahrrad vorsichtig hindurchschieben muss. Es ist sehr still hier, die Sommerwiese flimmert und vibriert von Schmetterlingen und Insekten, hin und wieder ziehen Knäuel von Pappelsamen vorbei. Es duftet nach trockenem Gras.

Unter der Brücke hält Anne kurz an. Am Brückenpfeiler lehnt ein altes Fahrrad. Das hat sie hier noch nie gesehen.

Oben im Brückenpfeiler entdeckt sie eine gemauerte Nische mit einem Dach aus Eisenbahnschienen und -bohlen und einer fensterartigen Öffnung, durch die eine abgerissene Rinne zu sehen ist. Eine Regenrinne? Eine Tränke? Daneben liegt eine alte Strandmatte aus verblichenem, gefärbtem Bambus, die etwas über den Rand der Öffnung herunterhängt. Hier wohnt jemand, denkt Anne. Aber wie kann er sein Versteck in der Brückenecke erreichen?

Sie geht einen Schritt zurück und sieht, dass links eine kleine Böschung, eingefasst von einer kleinen Mauer schräg zu der Nischenöffnung hochführt, die man mit etwas Geschick hinaufklettern kann. Darauf abgeknickte Äste und plattgetretene Blätter. Als Anne das Gras ein bisschen beiseite schiebt, um sich den Trampelpfad genauer anzusehen, hört sie plötzlich ein leises Rascheln und ein Knurren. Sie hält inne. Das Bild eines heruntergekommenen Alkoholikers mit einem zähnefletschenden Schäferhund an der Leine taucht vor ihrem inneren Auge auf.

Sie ist hier ganz alleine mit ihrem alten, keineswegs schnellen Fahrrad. Und rennen bekommt ihr auch nicht so gut bei dieser Hitze. Außerdem, was soll's? Warum soll da nicht jemand sein Sommerquartier haben? Immer noch besser als im abgerissenen, einsam gelegenen Bahnhof von Vlotho oder in der Fußgängerzone. Sie muss sich nicht darum kümmern, sie ist auf Urlaub.

Die Kommissarin dreht sich um und schiebt ihr Fahrrad hastig unter der Brücke durch bis zu dem Distelfeld. Dort wirft sie einen Blick zurück auf die Brücke. Es lässt ihr ja doch keine Ruhe. Sollte da wirklich ein Penner wohnen? Hier in der Wildnis, weit entfernt vom nächsten Schnapsladen? Zum Lebensmittelmarkt sind es einige Kilometer. Außerdem fällt da jeder auf, der nicht ganz so aussieht wie die anderen. Aber einer von den Weseranglern kann es doch auch nicht sein. So wie Anne die kennt, haben sie nicht die Neigung, am Abend in ein Versteck unter einer Eisenbahnbrücke zu klettern. Eher parken sie ihren Geländewagen mit Allradantrieb direkt neben sich in verbotenem Gelände. Wenn die Angler an der Weser übernachten, dann in kleinen Strandzelten, die sie an heißen Sommerabenden direkt im Blickfeld ihrer Angelgerätschaften aufstellen. Neulich gab es sogar schon irgendwo so genannte Anglerzelte zu kaufen. Das war im Billigmarkt, zu Hause in Bielefeld. Also die Weserangler kommen sicher nicht in Frage.

Wer also wohnt unter der Brücke?

Sarah Weingarten fällt ihr ein, die ältere Frau, die vor knapp zwei Wochen im Wald überfallen wurde. Wie Anne liebt sie die Natur, ist am liebsten ständig draußen, Pilze sammeln, spazieren gehen, wandern, Fahrrad fahren. Sarah Weingarten dachte nicht im Traum daran, dass ihr beim Blaubeerenpflücken im Wald, ganz in der Nähe ihres Hauses in einem Dorf bei Bielefeld, ein Vergewaltiger begegnen würde.

„Doch nicht mit vierundsechzig, ich bitte Sie! Als junges Mädchen hatte ich öfter Angst davor, aber doch nicht in diesem Alter!", hatte sie zu der Kommissarin gesagt, und Anne hatte genickt.

Sie selbst hatte auch keine Lust, auf Wanderungen und Fahrradtouren zu verzichten, nur weil irgendeine seltene Gefahr auf sie lauern könnte. Statistisch gesehen, sind die meisten Vergewaltiger Beziehungstäter. Männer, die das Opfer häufig schon eine Weile kennen und einschätzen können. Die Empfehlung, nicht alleine im Wald spazieren zu gehen, wird deshalb von der Polizei schon lange nicht mehr gegeben. Hier kann man sich in der Regel doch sicherer fühlen als nachts auf belebten Großstadtstraßen oder manchmal auch im eigenen Bekanntenkreis.

Und dennoch hatte es Sarah Weingarten auf dem vertrautesten ihrer Wege getroffen. Der Mann, der aussah wie ein ganz normaler Wanderer mit einer Hose, die man auf Knielänge kürzen konnte, und einem Wanderrucksack, hatte sie geschlagen, zu Boden geworfen und mit dem Messer bedroht. Nachdem er sie brutal vergewaltigt hatte, richtete er sie so übel zu, dass es Stunden dauerte, bis sie unter Schmerzen wieder zu Hause angekommen war. Ihr Arm und zwei Rippen waren gebrochen, sie blutete aus verschiedenen Wunden. Das Schlimmste aber war, dass er ihr ein für alle Mal ihre Freiheit genommen hatte, ohne Angst die Natur genießen zu können, dieses kleine alltägliche Glück. Fortan würde sie sich wie viele andere Frauen kaum noch aus dem Garten ihres Hauses trauen, immer die Terrassentür geschlossen halten und vielen Männern misstrauen.

Ärgerlich schiebt Anne ihr Fahrrad weiter durch das stachelige Feld und macht sich zum wiederholten Male von den Dornen frei, die sich in ihr T-Shirt bohren.

Es war ihr nicht mehr gelungen, vor ihrem Urlaub den Vergewaltiger zu finden. Ein unerledigter Fall, der vielleicht auf sie warten würde, es sei denn, die Kollegen hätten mehr Glück als sie. Sie hatte einfach nicht mehr genug Zeit gehabt. Und außerdem stellte sich dann heraus, dass dieser Fall nicht in Annes Ressort gehörte. Der Mörder, den sie suchte, war nicht der Vergewaltiger von Sarah Weingarten. Wer weiß, wo der sich jetzt herumtreibt.

2

„Im Sommer ist es wirklich schön hier, im Sommer, ja“, Helmut fühlt gerührt, wie eines seiner seltenen Lächeln über sein Gesicht gleitet. „Maria“, sagt er, „Maria, gegrüßet seist du, Maria, voll der Gnade, der Herr ist mit dir, du bist gebenedeit unter den Frauen, ja ...“

Horst knurrt.

Helmut schaut ihn an und macht eine beruhigende Geste. Horst knurrt immer, wenn Helmut so anfängt. „Du findest das nicht gut, wenn ich so rede, findest du das am Ende blasphemisch, das kann sein, nicht wahr, ja, vielleicht ist es das auch ..., aber warum eigentlich, warum eigentlich?“

Horst knurrt wieder und sieht dabei zu der Öffnung in der Mauer, durch die trotz der Hitze immer ein leichtes, kühles Lüftchen zieht.

Endlich steht Helmut langsam auf und steckt vorsichtig den Kopf durch die Maueröffnung. Die Futterrinne steht noch ganz ordentlich unter der Lücke zwischen den Schienen, die das Regenwasser hindurchlässt. „Aber die Bastmatte. Oh ja, ja, ich habe vergessen, die Bastmatte hereinzuholen.“ Das wird er gleich nachholen. Wenn er mit Maria fertig ist, dann sofort, sofort nach Maria, ja.

Draußen ist alles ruhig. In der Ferne, am Ufer der Weser hört Helmut ein paar Angler, wahrscheinlich über den Fang der letzten Nacht fachsimpeln. Die Distelwiese auf der linken Seite der Brücke ist etwas in Bewegung, so als ob dort ein größeres Tier hindurchschleiche.

„Hier gibt es Rehe, Rehe, hörst du, Horst. Aber jagen darfst du sie nicht, hörst du? Du willst doch nicht, dass wir hier wegmüssen, weg von Maria und von der Weser.“ Aber Rehe zeigen sich vor allem im Winter, nicht jetzt. Nicht im Hochsommer. Oder ein Mensch? Aber das kann nicht sein. Hier kommt doch nie jemand durch. Die Angler haben sich von Uffeln aus einen Pfad an der Weser entlang gebahnt, der mit seinen hohen Gräsern und Brennnesseln kein Spazierweg für Horst und Helmut wäre. Und außer den paar Männern kennt niemand den Pfad, oder? Und hier unter der Brücke ist der Durchgang verboten.

Normalerweise nimmt Helmut keine verbotenen Wege, im Sommer schon gar nicht. Aber diesen, diesen musste er damals einfach gehen. Ach, das ist auch schon wieder so lange, lange her. Wann war das? Es hat was mit den Rehen zu tun. Im Winter stehen die Rehe oben am Hang, als wollten sie sich einmal ganz in Ruhe die Landschaft anschauen. Nicht im Sommer, nicht im Frühling. Vor dem Frost, vor dem Frost, das auf jeden Fall. Wenn schon alle Blätter weg sind, die Landschaft dort oben sich ganz kahl zeigt.

Liebevoll schaut Helmut in die Ecke, in der das Mädchen auf einer Campingliege liegt und blicklos an die Decke starrt. „Maria, Maria", sagt er zufrieden, geht hinüber zu ihr und überprüft, ob ihr Mantel richtig geschlossen und zugebunden ist, den er schon zwei Mal sorgfältig mit der Maschine auf Schonprogramm gewaschen hat, vorher die Kunstfellpasse abgemacht natürlich, hinterher wieder drangenäht. Ja, das kann er, er hat sein Leben lang selbst genäht, gestopft und geflickt, gekonnt ist einfach gekonnt, wie seine Mutter immer sagte.

Nein, Maria geht es gut und ihm auch und Horst selbstverständlich auch. „Ne, Horst, wir beide, wir beide, wir machen das schon", er tätschelt dem Hund den Rücken, schiebt den kleinen Bastvorhang an der seitlichen Öffnung der Mauer zurück, den er gerade erst wieder sorgfältig angeheftet hat, und lässt den Hund hinaus. Horst rennt den kleinen Trampelpfad neben dem Mäuerchen hinunter und verschwindet schnüffelnd Richtung Weserufer.

Helmut setzt sich ans linke Ende der Campingliege und schaut auf Maria hinunter. „Es ist Sommer, ja Sommer, und wir sind hier, dürfen hier sein", sagt er und wieder merkt er, wie ihm ein entspanntes Lächeln über das Gesicht gleitet. Überhaupt ist er seit einiger Zeit viel gelassener als er es sonst von sich kennt. Er hat Frieden gefunden, ja, inneren Frieden. Und Maria, Maria und er dürfen hier sein, in seiner Eisenbahnbrücke.

Das war nicht immer so. Als er noch mit, na, wie heißt sie noch gleich, wie heißt sie, äh, ach ja, mit Greta im Urlaub war, jedes

Jahr, bestimmt zwanzig, ja zwanzig Jahre lang, da saß er um diese Zeit immer in der gleichen Hochhauswohnung in Koksijde, an der belgischen Nordseeküste. Flandern, schönes Belgien, ja. Aber warum immer Hochhaus? Ein Ferienappartement. Der Esstisch mit vier Stühlen, ein Sofa, ein Fernseher. „Die Küchenecke in das Wohnzimmer integriert, das Sofa kann in ein Doppelbett verwandelt werden", stand in der Werbebroschüre für den Appartementkomplex. Er kannte den Text auswendig, weil er so oft auf einem der Stühle am Esstisch gesessen und den Werbeprospekt gelesen hatte, um nicht Greta zuhören zu müssen. Greta erzählte gerne. Außer wenn er selbst etwas las. Wenn er in etwas vertieft zu sein schien, hörte sie für kurze Augenblicke auf zu erzählen. Ja. Helmut musste in ein Hochhaus, nachdem er seinen Arbeitsplatz in einem Hochhausbüro verlassen hatte. Aber warum nur?

Angeln. Er wollte angeln. Und er wollte Horst bei sich haben. Der Arme musste in eine Hundepension, Greta konnte ihn sowieso nicht besonders gut leiden. Angeln, das wäre etwas gewesen. Jetzt ist er zu alt dazu.

Aber stattdessen fuhr er jedes Jahr mit Greta nach Belgien, jedes Jahr, bis auf einmal, das letzte Mal. Ägypten. Nur einmal Ägypten, und vorher immer die hohen Restaurantrechnungen in Belgien. Aber natürlich – in Belgien konnte es auch schön sein.

Wenn er draußen mit Sandalen herumlaufen musste, dann auf keinen Fall ohne Strümpfe. „Nur mit Socken, immer mit Socken." Greta war erstaunt, dass er für seine Socken mehr Geld ausgab als für seine Hemden, konnte es aber nicht ändern. Er zog nur farblich passende und solche aus gutem Material an. Nichts Ausgewaschenes und keine Synthetikfasern mit kleinen Stoffbuppeln daran.

Und dann das Museum. „Deshalb hab ich auch immer, immer wieder Ja gesagt, verstehst du? Ja, das verstehst du, Maria, Maria", er streicht dem Mädchen, das ganz still daliegt, liebevoll das Haar aus der Stirn, legt seinen Kopf auf ihre Oberschenkel und schließt die Augen.

In Koksijde gab es nicht einmal Italiano. Jeden Nachmittag musste er Kaffee mit Sahne trinken. Das nennen sie Cappuccino in Belgien. Süße Sahne macht ihn dick. Dazu der ständige Geräuschpegel. Helmut klammerte sich an die köstlich frischen Madeleines, die es im Café an der Promenade zu dem Sahnekaffee gibt. Sie machen ihn auch dick, aber das kann er gut aushalten. Er ließ sich ihren süßen Vanillegeschmack auf der Zunge zergehen, die Augen geschlossen. „Madeleines, Madeleines, wo gibt es die noch?" In der Mauernische unter der Eisenbahnbrücke bleibt es still. Wer hat da geredet? Helmut schaut irritiert hoch. Horst ist noch nicht zurück. Er lässt sich wieder auf die Campingliege sinken und schließt die Augen.

Sonntags war in Koksijde an der Strandpromenade Flohmarkt. Heute ist Sonntag. Nun kann er nicht mehr das Meer vor sich sehen, sondern alte Stände, Kisten, Hocker, Buden, alles voller Gerümpel und Müll. Ein großes Bund bunter Luftballons ist an einem der Stände befestigt, und die gasgefüllten Ballons versuchen ständig, sich loszureißen. Daneben werden Tröten verkauft, in die die Kinder vor und nach dem Kauf kräftig hineinblasen.

Ein Fahrrad rast vorbei mit heftigem Klingeln. Helmut zuckt zusammen und lässt fast das süße Kuchenstückchen in seinen Sahnekaffee fallen. Ein Junge mit einem dicken, schweren Ball in den Händen läuft am Caféhaustischchen vorbei. Bei jedem zweiten Schritt prellt er den Ball auf den Boden, so fest er kann. „Milan, Milan", kreischt eine Frau hinter ihm her. Helmut hält sich die Ohren zu.

Aber das ist noch gar nichts. Gleich wird es schlimmer. Dann wird es vorbei sein mit der Sahnestückchen-Beruhigung, er wird seine Tasche und die von Greta wieder aufnehmen müssen und damit über die schmale Mauer steigen, zum Strand, wo er seine langen Hosen ausziehen muss, sodass seine blassen Beine mit den ständig länger werdenden blassgrauen Haaren zu sehen sind und sein Geschlecht in der Badehose, die er vorsorglich im Appartement untergezogen hat. Helmut sehnt sich nach dem kühlen Museum mit den Bildern von Delvaux, nach den spärlich erleuchteten Räumen.

„Nein, ich lasse nicht zu, dass du heute zum vierten Mal in unserer ersten Urlaubswoche ins Museum gehst. Bitte, komm mit an den Strand, wie verabredet." Gretas Stimme weckt ihn aus tiefen Gedanken.

Heute ist Sonntag, und er muss mit an den Strand. Aber er hat dieses Jahr die Bilder von Delvaux doch noch gar nicht gesehen. Er hat sich am Dienstag, am Mittwoch und am Freitag nur ruhig in die kühle Vorhalle des Museums gesetzt und gewartet, bis er wieder zurück in den Appartementblock musste. Er hat dort gesessen und gefühlt, wie sich seine Sehnsucht nach dem Bild wohltuend verstärkte. Das Bild trug den französischen Titel „Désertion". Aus dem Jahre 1964. Er hat sich das Bild wohl schon fünfzig, ja, mindestens fünfzig Mal genau angesehen. Am besten gefällt ihm die holländische Übersetzung des Titels, das Wort „Verlatenheit", viel besser jedenfalls als das englische „Abandon". Heißt „Abandon" nicht eher, äh, wegwerfen, vernachlässigen ...? Nein, heißt es nicht. Er hatte es nachgeschlagen: „Abandon" als Nomen heißt Selbstvergessenheit, Hingabe. Und als Verb bedeutete es „eine Frau sitzen lassen". Konnte es dies bedeuten, musste es aber nicht. Uneindeutigkeit ist etwas, das Helmut nicht schätzt.

Er erinnert sich an den Mann im Hintergrund des Bildes, der am Fenster steht und hinaussieht. Schlank, hochgewachsen, schwarzer Anzug. „Hatte er eine Melone auf, eine Melone?"

Helmut steht auf und geht hinüber an die andere, kühle Steinwand, wo er einen Pappkarton herauszieht. Mit einem aufgeschlagenen Notizblock und seiner Lesebrille in der Hand kommt er wieder zurück zur Campingliege. „Ich lese dir vor, Maria, ich lese dir was vor: *Der junge Mann im schwarzen Anzug und mit einer Melone auf dem Kopf im hinteren Teil des Bildes ‚Désertion' kehrt dem Betrachter den Rücken zu. Er sieht aus dem Fenster und betrachtet die Landschaft. Die dunklen Berge sind kühl und unbeteiligt. Ihre Höhenzüge und Täler spiegeln sich im Wasser, auf das der Mann blickt. Die Hügel sind klar gezeichnet, graublau und unbewachsen wie eine Puppe im Schambereich. Ein kalter Wind weht von den Bergen und biegt die beiden Bäume an den Seiten. Gleichmäßige Wolken in Form von schmalen, weißgrauen Strichen ziehen vorbei. Vor dem Wasser stehen vier Kugellampen wie die Lampen städtischer Parkwege. Die Tür zum Wasser mit den gespiegelten Bergen steht offen.*

Der Mann sieht die Tür nicht, er steht links an einem geschlossenen Fenster."

Helmut hört auf vorzulesen und betrachtet die starren Züge des Mädchens nachdenklich. „Der Mann ist verloren, verloren, ja. Dann die Puppe, die Puppe, das sterbende Tier." Helmut setzt seine Lesebrille wieder auf.

„Hinter seinem Rücken, im Mittelteil des Bildes verwebt sich ein weißes, nacktes Mädchen mit einem Teppichläufer. Es ist kalt im Raum, die Tür steht offen. Friert sie nicht? Sie hält sich hin, die Beine leicht gespreizt, die Brustwarzen steif. Rechts am Bildrand stehen zwei schöne, junge, nackte Frauen. Die hintere hat ein blaues Tuch über dem Arm hängen, das ihre Figur zur Hälfte verdeckt. Die Zuschauerinnen betrachten das Mädchen auf dem Teppich wie etwas Hingefallenes. Doch liegt sie auf dem Läufer wie auf einem Badehandtuch ausgestreckt. So passgenau. Hat der Mann sie genommen und weggeworfen? Aber warum ist er so offiziell angezogen? Auf der linken Seite des Bildes ist eine Frau in einem Abendkleid in den Raum getreten. Ihr Kleid lässt den Oberkörper, den wohlgestalteten Busen frei. Die Frau tritt so auf, als sei nicht das Nacktsein in Gesellschaft das Ungewöhnliche, sondern das Angezogensein. Der Mann am Fenster scheint von alledem nichts zu bemerken, er weiß nichts von den Palmen im Zimmer, den Kronleuchtern, dem Wandbild und dem Klavier, der Hocker davor mit rotem Stoff bezogen."

Helmut klappt den Block zu und wischt sich eine Träne aus dem Auge.

„Paul Delvaux ist ein Surrealist", hatte er Greta aufgeregt erzählt, als er das Bild zum ersten Mal gesehen hatte, und dann wäre er am liebsten in das Museum in St. Idesbald umgezogen. Überall in den Bildern entdeckte er nackte, puppenhafte Wesen, die aus der Dunkelheit der Räume und Bilder heraus leuchteten. Sie hatten eine eigene, von ihrer Umgebung ganz gelöste Existenz. Unberührt und unberührbar schritten sie durch die Bilder, mit immer gleichen Blicken auf Helmut, für den sie schon bald unentbehrlich wurden. An diesem Ort wurde eine Leidenschaft in ihm geweckt, über die er mit niemandem sprechen konnte.

Die Stadt ein Moloch, der ihn zu verschlingen drohte. Der Strand ein breiter Streifen körniger Schmutz, der nur darauf wartete, in seine Sachen zu kriechen, seine Socken aus Seidenfaser zu polstern und sich als Schicht in die Sohlen seiner Sandalen zu legen.

„Ach Maria, Maria, Unersetzbare", Helmut streicht dem Mädchen sanft über die Schultern in dem zerschlissenen Nikolausmantel.

Was immer er auch versuchte, immer hatte es Sand gerieselt. Sand aus der Hose, dem Hemd und der Unterhose. Wenn er wenigstens nach Duinkerke gekonnt hätte. Hinüber an den benachbarten, übersichtlichen, französischen Strandabschnitt, menschenleer, mit Blick auf die Industrieanlagen von Calais. „Ja, ja, die Schlote und die rostigen Fabriken von Calais. Calais, Calais", Helmut schluchzt laut auf.

„Nur die Puppen waren sauber. So sauber die Puppen. Madagaskar, Madagaskar. Hörst du, Maria? Maria, hörst du?" Aber das Warme, Lebendige an seiner Hand ist Horst, der gerade mit einem heftigen Sprung durch den Bambusvorhang wieder hereingekommen ist.

3

Hat sie sich das mit dem Waldhaus eigentlich gut genug überlegt? Ist der beste Ausblick der Welt es wert, dass man an einem heißen Sommerabend sein Fahrrad eine steile Landstraße durch den Wald hinaufschiebt? Aber andererseits – gleich wird sie sich auf ihre Terrasse setzen und den See im Abendlicht genießen.

Anne stellt ihr Fahrrad an den Zaun, wischt sich mit der bloßen Hand den Schweiß vom Gesicht und geht den Weg durch die Kiefern und Tannen bis zu der kleinen, im Wald gut verborgenen Hütte. Dabei schaut sie sich zum ersten Mal auf diesem Weg verstohlen um und lauscht auf das Knarren und Knacken der alten Bäume. Das ist ja verrückt. Dies hier ist das Paradies, ein absolut geborgener, völlig ungefährlicher Ort. Sie hat sich doch sonst hier niemals unsicher gefühlt. Sie ist auch gar kein ängstlicher Typ. Angst kann sie sich im Beruf eigentlich nicht leisten. Was ist nur los mit ihr? Ist sie überarbeitet?

Anne schließt die Hütte auf, wirft ihre Sandalen auf die Matte am Eingang, lässt wie immer erst einmal die Tür weit offen stehen, um den Holzgeruch hinaus- und frische Luft hereinzulassen, und macht es sich auf ihrem Liegestuhl auf der Terrasse bequem. Wunderbar dieser Blick. Der See liegt in der Abendsonne. Ein gelb-blauer Zug rauscht vorbei.

Ein gegrilltes Lachsfilet zum Abendessen wäre gut. Mühsam erhebt sie sich aus dem Stuhl und geht barfuß in die Küche. Im Kühlschrank steht auch noch eine Flasche italienischer Weißwein. Lecker. Und im Eisfach sind genügend Eiswürfel. Plötzlich knallt hinter ihr die Haustür ins Schloss.

Den ganzen Tag kaum ein Lüftchen und plötzlich knallt der Wind die Tür zu? Sie läuft den Flur entlang und macht sie mit einem Ruck wieder auf, kann aber draußen nichts entdecken. Merkwürdig. Sobald es dämmert, wird sie heute die Fensterläden schließen. Zum ersten Mal seit Monaten wird sie sich hier einigeln, ihr ist unheimlich, sie denkt an den wildfremden Mann, der eine Frau im Wald vergewaltigt, nur weil er sie zufällig dort alleine gesehen hat. Ein Zufallstäter. Die Mauernische unter der Brücke fällt ihr wieder ein. Was da wohl für einer lebt? Nachher ist das doch tatsächlich jemand, der auch schon in Bielefeld unterwegs war und jetzt in Vlotho gelandet ist. Sitzt gemütlich unter der Eisenbahnbrücke und brütet etwas Neues aus. Kein Zufallstäter, sondern ein Vergewaltiger auf Wandertour.

Quatsch, Schluss jetzt mit diesen Gedanken. Sie wollte heute noch etwas malen. Und das Buch von Philip Roth lesen - „Das sterbende Tier“ - mit dem Modigliani als Titel - ein malerisch hingestrecktes, nacktes junges Mädchen mit knallroten Haaren.

Nach dem Abendessen auf der Terrasse zieht Anne sich zum Lesen in ihre gemütliche Sofaecke zurück. Aber sie hat Schwierigkeiten, den Roman zu verstehen. Im „Menschlichen Makel“ von Roth geht es um Moral. Und um Rassismus. Die Bilanz eines anständigen Lebens, das sich als vollkommen zerbrechlich erweist, weil es auf einem verlogenen Fundament steht. Ein gutes Buch. Außerdem wird darin sehr anschaulich von der Liebe erzählt und von der sexuellen Beziehung eines alten Mannes zu einer vierzig Jahre jüngeren Frau, Viagra macht's möglich.

Aber dieses Nachfolgebuch des Autors handelt anscheinend in erster Linie von Sex. Nur noch davon, dass ein alter Uniprofessor junge Studentinnen vögelt? Anne liest ein paar Seiten weiter. Aha: Der Professor verzweifelt am Altwerden. Alles, was er dagegen tut, verstärkt diese Verzweiflung noch. Besonders natürlich der Versuch, eine so junge Frau an sich zu binden.

Doch nicht schlecht, das Buch. Wenn auch erst mal gewöhnungsbedürftig.

In der Nacht lauscht Anne nach draußen. Waldgeräusche - kleine und größere Tiere, die durch die Büsche streichen und am Boden in den trockenen Blättern rascheln, Vogelzwitschern, in der Ferne ein Hundebellen.

Im Traum trifft sie einen Mann, zu dem sie sich hingezogen fühlt. Aber er weist sie ab. „Warum?“, fragt Anne und denkt: Er findet mich nicht attraktiv genug.

„Ich habe dich beobachtet“, sagt der Mann. „Oben auf dem Berg hältst du immer an und fährst nicht hinunter. Warum nicht?“

„Weil ich Angst habe. Angst vor dem Leben und vor dem Tod.“

Um zehn nach fünf am Morgen rattert unten auf den Bahngleisen ein Güterzug mit vielen Waggons vorbei. Anne hat das Gefühl, das Vibrieren der Gleise im Kopfteil ihres Bettes zu spüren. Dann ist wieder Ruhe. Von fünf bis um zehn schläft Anne am besten, die Morgensonne erreicht sie nicht hinter den fest geschlossenen Fensterläden.

„Was habe ich da geträumt?“, fragt sie sich, als sie an ihrem Frühstückstisch vor der Hütte sitzt.

Roths Professor fällt ihr wieder ein, der seine nachlassende Attraktivität erst mit siebzig Jahren als existentielles Problem erlebt. Und ich muss das schon mit zweiundfünfzig entdecken, denkt Anne. Typisch Frau mal wieder.

Und wieso sollte sie Angst haben? Merkwürdig. Sie schiebt die Gedanken energisch beiseite. Sie ist schließlich eine gestandene Kriminalkommissarin, die es häufiger mit brenzligen Situationen zu tun hat. Warum sollte der Fall von Sarah Weingarten ihren Urlaub ernsthaft beeinträchtigen?

Die Sonne scheint. Was macht sie heute? Sie wird wieder mit dem Fahrrad losfahren und sich dabei vielleicht die merkwürdige Nische unter der Brücke genauer ansehen. Wäre doch gelacht, wenn sie zu feige wäre, im Urlaub das zu tun, was normalerweise Routinearbeit für sie ist.

An den Häusern in dem Buhn steht Anne einen Augenblick lang unschlüssig und wendet sich dann nach links. Der Eggeweg ist menschenleer und schattig, eine einladende kleine Straße durch den Wald. Anne rast ihn hinunter bis zu dem Hinweisschild, das nach links weist: „Hotel Karli“. Wenig später biegt sie in den Feldweg ein und hält auf die Eisenbahnbrücke zu.

Das Fahrrad steht nicht mehr da. Anne schaut am Brückenpfeiler hoch. Keine Bastmatte mehr. Wo ist das Stück Rinne? Es liegt unten, Anne stößt es leicht mit dem Fuß an. Ist der seltsame Bewohner ausgezogen, vielleicht schon wieder unterwegs zu neuen Ufern?

Sie lehnt ihr Rad an den Betonpfeiler und geht zu der kleinen Mauer, die nach oben zur Brückenöffnung führt. Vorsichtig setzt sie den Fuß auf die Mauer und versucht hinaufzusteigen, rutscht aber schon beim zweiten Schritt von dem glatten Stein ab. „Mist!" Die Mauer ist einfach zu steil. Also zurück.

Etwas weiter links ist eine Lücke in den Büschen. Anne versucht es. Langsam und vorsichtig schiebt sie die Zweige beiseite und klettert den Hang hinauf, zwischen den Büschen hindurch, wobei sie sich an den links und rechts stehenden kleinen Birken festhält. Nur das Knacken der Zweige, auf die sie tritt, und das Rutschen ihrer Sohlen ist zu hören. Anne behält das Brückenversteck im Auge. Aber da rührt sich nichts. Als sie auf dem kleinen Hügel in Höhe der Eisenbahnschienen angekommen ist, wendet sie sich nach rechts und geht auf den Bahndamm zu.

Plötzlich hält sie inne. Auf der anderen Weserseite rauscht es laut, ein Zug fährt auf die Brücke und überquert sie, die Schienen vor Anne beginnen zu dröhnen, und der Blau-Gelbe zischt unmittelbar vor ihr vorbei. Sie schaut dem Zug für einen Moment nach.

Am Bahndamm liegen verrostete Cola- und Fantadosen und Schokoladenpapier. Haben spielende Dorfkinder sie hier zurückgelassen? Sich hier zu vergnügen, ist gewiss ebenso schön wie verboten.

Das Versteck ist von oben sehr viel leichter zu erreichen. Man kann von der Dorfstraße aus die Schienen entlanglaufen bis zu einem kleinen Trampelpfad, der direkt bis zu der Mauernische in der Brücke führt. Von hier aus hat Anne einen guten Blick auf den Fluss und die Wiese davor. Sie schaut nach unten, in das Versteck, aus dem es merkwürdig riecht. Sie schreckt zurück und kommt ins Schwanken. Einen Augenblick lang balanciert sie auf einem Bein und versucht, das Gleichgewicht wiederzuerlangen.

Unter ihr, an der linken Wand des Versteckes liegt ein Mädchen, das sich nicht rührt. Rechts kann Anne einige Pappkartons wahrnehmen, ordentlich aufeinandergestapelt. Daneben steht ein Korb. Für einen Hund? In die Höhle fällt mehr Licht, als Anne erwartet hat. Dann sieht sie die Stehleiter, die hinunter führt. Auf ihre Stufen sind Bretter genagelt, die sie zu einer Art Treppe machen. Anne steigt vorsichtig rückwärts hinunter. Der Gestank kommt nicht von der linken Mauerseite, wie sie befürchtet hat, sondern aus dem Hundekorb. Bis auf das leblose Wesen an der linken Mauer ist hier alles unauffällig, eine Unterkunft eines Landstreichers mit Hund, wie sie es schon mehr als einmal gesehen hat - wenn dieses Mädchen nicht wäre. Vorsichtig geht Anne ein paar Schritte in den kleinen Raum hinein, dann hält sie inne.

Es ist keine gute Idee, sich hier alleine aufzuhalten. Sollte sie nicht doch lieber die Kollegen rufen? Immerhin ist sie für diese Gegend hier überhaupt nicht zuständig. Nein, eine Kommissarin ist immer Kommissarin, entschlossen geht sie auf die Campingliege zu.

Eine lebensgroße Puppe liegt darauf. Eine Schaufensterpuppe mit leerem Blick, eingewickelt in einen sauberen Nikolausmantel, der vorne mit einer zum Doppelknoten gebundenen Kordel geschlossen ist.

„Was ist denn das?", fragt Anne sich irritiert und schaut dem Puppenwesen in das weiße Gesicht mit den ebenmäßigen, starren Zügen. „Wer hat dich denn hier hingelegt?" Automatisch streicht sie dem Mädchen das Haar aus den Augen und betrachtet dann ihre Hand. Was macht sie hier? Sie sitzt in einer Höhle unter einer Eisenbahnbrücke und streicht einer Schaufensterpuppe das Haar aus den Augen! Und seit wann haben Schaufensterpuppen Haare? Eine fest am Kopf angeklebte Perücke aus blonden Synthetikfäden, die Anne an die Haare ihrer Barbie vor über vierzig Jahren erinnern. Irgendwie unheimlich ist das Ganze, denkt sie dann. Wer legt denn in einer Mauernische eine Schaufensterpuppe mit künstlichem Blondhaar ab? Hier lebt doch einer. Lebt hier mit dieser Puppe und mit einem Hund, der durchdringend nach Wald und nassem Feld stinken muss.

Anne setzt sich vorsichtig an das Fußende der Campingliege. Was soll sie machen, wenn jetzt jemand kommt, der Bewohner dieser Behausung vielleicht? Hat sie überhaupt ihren Dienstausweis dabei? In der Tasche ihrer Jeans ist der nicht, natürlich nicht. Warum sollte sie auch im Urlaub ihren Ausweis dabeihaben?

Irgendwie ist es hier ruhig und friedlich. Ihr Blick fällt auf die Pappkartons gegenüber. Saubere, ordentlich gestapelte Kartons, deren Vorderteile man herausziehen kann wie Schubladen. Eine steht ein wenig offen, Anne zieht sie heraus. Sie findet einen Schreibblock, DIN A 5, Seite um Seite sorgfältig mit einer sauberen Schrift beschrieben und mit einem selbst gezogenen Rand versehen. Ein Tagebuch, denkt Anne, klappt den Block schnell wieder zu und legt ihn zurück. Ein Tagebuch in einer Höhle unter einer Eisenbahnbrücke. Sie zieht weitere Schubladen auf. Da sind noch mehr Blöcke. Blöcke um Blöcke. Bestimmt zwanzig. Sehr merkwürdig. Aber das geht sie schließlich nichts an, oder? Sollte ein Mensch nicht mit Tagebüchern und Schaufensterpuppen durch Deutschland ziehen dürfen? Quatsch. Das gibt es doch nicht. Warum eigentlich nicht? Ein Puppenfetischist. Hat der nicht auch ein Problem mit Frauen und Mädchen?

Der Beate-Uhse-Laden in Berlin neben dem Bahnhof Zoo fällt ihr ein. Eine Kombination aus Sexmuseum und Sexshop. Im Fenster Sexpuppen mit Löchern anstelle von Mündern und Löchern an den Stellen der Geschlechtsteile und als Anus. Aufblasbare Puppen mit geröteten Löchern, igitt, igitt. Japanische Puppen sind ganz anders, hat sie neulich in einer Zeitschrift gelesen. Zarte, mädchenhafte Gestalten in allen Hauttypen und Haarfarben. Immer noch fast Kinder. In Japan gibt es schon Puppen-Bordelle, in denen Männer nicht mal mehr mit ergebenen Prostituierten schlafen, sondern nur noch mit Puppen, die keine Regungen zeigen, keine Grenzen kennen, keine Bedingungen stellen, keine Wünsche, keine Träume, kein Leben äußern. Und auch nicht so viel kosten. Wann wird man mit solchen Puppen eine gesetzlich anerkannte Ehe führen können?

Anne steht einen Moment auf und läuft ein paar Schritte in der Brückennische herum. Ein Mann, der alleine durch die Gegend zieht und eine sehr mädchenhafte Puppe bei sich hat. Aber immerhin keine Sexpuppe. Sie riecht auch nicht unangenehm, im Gegenteil. Sie riecht nach Babypuder oder so was. Und sie ist außerordentlich gepflegt, vor allem im Vergleich mit dem stinkenden Hund.

Was macht sie jetzt? Hansi anrufen, ihren Assistenten in Bielefeld? Nein, das wäre Quatsch. Der Arme hat genug zu tun. Die

Kollegen bei der Kriminalpolizei in Herford oder die Polizeistation in Vlotho? Aber weshalb? Wie soll sie erklären, dass sie hier in ihrem Urlaub verbotene Feldwege mit dem Fahrrad fährt und unter alten Eisenbahnbrücken Verstecke mit Schaufensterpuppen entdeckt? Die halten sie doch für eine verschrobene Alte, der auch nicht mehr zu helfen ist. Und dann fragen die sie sicher, wo sie ihren Urlaub verbringt, und sie kann nicht einmal das Hotel Fernblick angeben, das eine überzeugende Urlaubsadresse wäre, oben in der Langen Wand mit Blick auf die Weser und die schönen Städtchen und Dörfer ringsum. Und was ist, wenn der Besitzer der Puppe wiederkommt und findet sein gepflegtes Quartier entweiht, die Besitztümer verstreut, beschmutzt oder gar verschwunden? Nein, das kommt nicht in Frage. Ein bisschen Würde steht jedem zu, und der Typ, der hier wohnt, ist zweifellos etwas Besonderes. Wenn sie auch noch nicht weiß, inwiefern. Und außerdem: „Du hast Urlaub, Mensch, du Blöde", sagt sie zu sich und wendet sich zur Treppe.

4

„Still, Horst, hörst du, still! Ich muss doch los. Und du kannst nicht mit zur Messe, nicht zur Samstagabendmesse, hörst du?“ Horst geht in seinen Korb und schaut beleidigt zur Seite, während Helmut ihn beobachtet. „Madagaskar, Madagaskar“, sagt er laut und hält dann erschrocken inne. Früher, als er ein Junge war, hat er samstags immer kirchliche Schriften ausgetragen. Immer die gleichen, zu immer denselben Menschen, jahrelang, jeden Samstag den „Kirchenboten“ und einmal im Monat die Missionszeitschriften „Der Jesusknabe“ und „Stadt Gottes“. Dafür hat er sich jedes Jahr zu Weihnachten beim Verlag ein Buch aussuchen dürfen. Das war schwer. Einmal fiel seine Wahl auf ein Buch mit einem tiefgrünen Einband: „Der Zauberer von Madagaskar“. Er hat das Buch sehr geliebt als Junge. Ja, das grüne Buch. Er wird es nie vergessen. „Madagaskar, Madagaskar“, da wollte er immer hin, sein ganzes Leben lang. Ja, als Missionar nach Madagaskar, das wäre was gewesen.

Er geht zum Wohnzimmerschrank und zieht eine Schublade auf. Dann öffnet er eine quadratische, mit Einlegearbeiten verzierte Holzdose und entnimmt ihr ein kleines, briefmarkenförmiges Stückchen Esspapier mit einer bunten Figur darauf. „Eine Schluckmadonna, schau mal hier, Horsti, ein Schlückchen, für dich allein“, sagt er einschmeichelnd, aber Horst guckt zur Wand. Helmut steckt sich das Stückchen Papier mit der Marienfigur selbst in den Mund und trinkt einen Schluck Wasser hinterher. Eigentlich muss man eine Schluckmadonna in Wasser auflösen, aber er hat es lieber so: Erst die Madonna auf der Zunge hin- und herbewegen, dabei denkt er an Maria, die er sonntags nie sehen kann. „Der Sonntag ist kein Maria-Tag, der Sonntag nie.“ Der Sonntag ist Gedenktag.

Das haben schon seine Eltern immer so gehalten. Eucharistie: das Gedenken des Leidens und Sterbens Jesu Christi. Dann das Gedenken der Heiligen. Jeden Sonntag gedenkt er der verstorbenen Heiligen, die in der Vorwoche ihre Gedenktage hatten. Die Kerzen hat er schon bereitgelegt. Früh am Sonntag wird er sie anzünden. Helmut spürt, wie sich die Schluckmadonna langsam in seinem Mund auflöst. Schluckmadonnen helfen immer, gegen alles. Früher, im Studium, hat er alle seine Kollegen vor Prüfungen mit Schluckmadonnen versorgt. Das hat immer geholfen.

Am Sonntag sieht Helmut seine alten Schreibblöcke durch, einen nach dem anderen. Die neuen hat er alle bei Maria. Sie sind dort unter ihrem lieben Blick ganz sicher. Aber die alten, die alten! Die, über die er noch so viel nachdenken muss, die er sich durchsehen und zum Teil abschreiben muss. Kompostieren für sein Lebensbuch, ja, sein Lebensbuch. Deshalb hat er heute, wie immer am Samstagnachmittag, seine Brücke und Maria vorübergehend verlassen und ist mit Horst an der Leine nach Hause gefahren. Mit Tante Simones altem Fahrrad. Und morgen Abend fährt er wieder zurück. Die Rintelner Straße entlang.

Helmut zieht langsam seine halblange, hellgraue Sommerjacke über das Jackett und geht zur Tür, während Horst in seinem Korb knurrt. Die Sonntage kann er doch nicht bei Maria in der Brücke verbringen, die Gedenksonntage doch nicht. Was Horst nur immer von ihm erwartet. Der begreift es einfach nicht. Er würde ja selbst viel lieber in der Brücke sein, weit weg, im Sommer. Vielleicht für immer. Aber es geht doch nicht, er braucht doch Wäsche, Strümpfe, ja Socken und eine Waschmaschine, auch für Maria. Er muss doch waschen. Das tut er immer am Samstagabend, nach der Messe. Das weiß Horst doch. Aber er kann das ja nicht verstehen. In der Mauernische gehen die Kerzen immer aus. Sonntags dürfen die Kerzen niemals erlöschen, nicht am Gedenktag, am Gedenktag.

Unten auf der Straße wendet sich Helmut Richtung Weserbrücke nach Vlotho.

5

Anne schiebt ihr Fahrrad durch die Schranke, direkt am „Betreten verboten"-Schild vorbei und hält auf die Rintelner Straße zu. Bald wird das Feld abgeerntet sein und vielleicht ebnet der Bauer dann auch mal das Distelfeld ein, sodass man den Weg Richtung Campingplatz besser befahren kann. Dann könnte sie sich ein Stück von der Landstraße sparen.

Und was ist das schon wieder? Anne kneift die Augen zusammen, um besser sehen zu können, was am Waldrand los ist. Den Hügel hoch, nicht weit von der Straße entfernt, steht eine weiße Figur, die ihr zu winken scheint. Oder bewegt die sich nur im Wind? Merkwürdig. Kurz entschlossen überquert Anne mit ihrem Fahrrad die Landstraße und schiebt es den Weg zum Waldrand hinauf. Bestimmt eine Vogelscheuche. Aber ganz in Weiß? Jetzt bewegt sich die Figur wieder etwas. Aber sie winkt nicht. Vielleicht ist das nur der Wind. Moment mal. Anne versucht, ihr Rad auf seinen Ständer zu stellen. Aber natürlich hält es da nicht, sondern landet mit lautem Getöse auf dem Boden. „Scheiße". Sie bückt sich, hievt das Fahrrad wieder in eine aufrechte Position und macht einen neuen Versuch, es abzustellen. Am Waldrand bewegt sich etwas. Anne schaut hoch. Die Person ist weg. Verschwunden. War da was, oder nicht? Bin ich jetzt durchgeknallt?

Sie setzt sich erst einmal schnaufend an den Rand der Wiese und schaut in die Landschaft. Bisher hat sie ihre Ferien immer auf sinnvolle Art und Weise verbracht und nicht mit der Jagd auf irgendwelche Phantome. Also. Wie sieht's aus? Hat sie nicht genügend Bücher mit? Und wann wird sie nach Herford fahren, um sich das schöne neue Museum anzusehen? Wie heißt die aktuelle Ausstellung noch? Und nach Minden will sie auch, sich endlich mal wieder etwas zum Anziehen kaufen. Morgen wird das Urlaubsprogramm geändert. Aber wirklich. Sie steht auf und wischt sich das Gras von der Hose. Den Waldrand, an dem wieder so etwas wie ein Schatten erschienen ist, würdigt sie mit keinem Blick mehr. Sie schiebt ihr Fahrrad energisch den Hügel hinunter, setzt sich auf und überquert die Landstraße.

„He, hallo, fahren Sie jetzt rechts oder links?", schreit eine Frau, die von hinten auf sie zurast.

„Rechts!", Anne steuert so schnell sie kann auf die rechte Bankette. Eine alte Frau im Trenchcoat und mit Baskenmütze aus Leder rast an ihr vorbei. In ihrem Fahrradkorb liegen vier braune Pilze, die so groß sind, dass Anne sie im Vorbeifahren erkennen kann. He? Was macht die denn mit den Kahlen Kremplingen? Will sie die etwa essen? Die sind doch giftig. Oder zumindest ungenießbar. Am liebsten würde sie der Frau hinterherrufen, sie warnen, aber die ist schon um die nächste Kurve gebogen. Anne schüttelt den Kopf. Ein merkwürdiger Tag. Erst findet sie in einem Versteck eine Schaufensterpuppe und ein Pappregal, dann sieht sie ein Gespenst und schließlich wird sie beinahe von einer alten Frau mit Giftpilzen angefahren. Wozu nach Ibiza? Ein Urlaub an der Weser ist aufregend genug.

Die Eisdiele ist gut besucht. Es gelingt Anne, einen kleinen Tisch zu ergattern, neben dem einer Frau, die offenbar auch gerade erst mit ihrer erwachsenen Tochter angekommen ist. „Einen Amarena-Becher, bitte." Endlich kann sie ihr Buch aus dem Rucksack ziehen.

Da sieht sie ihn. Keck steht er da, der Kleine. Mitten auf der Terrasse der Eisdiele hat er sich aufgepflanzt, lustige Frisur, freches Gesicht. Er lacht, er tanzt von einem aufs andere Bein, grinsend die Daumen in den Taschen, den Blick auf die Frauen an Annes Nebentisch gerichtet, die bekommen gerade ihre Schokobecher. „Zehn Euro." Urlaub ist teuer, aber was soll's, ein schöner Sommertag mit einem guten Gespräch zwischen zwei Freundinnen, oder vielleicht zwischen Mutter und Tochter, denkt Anne.

Aber der Kleine kommt näher. Er wackelt mit den Daumen in der Tasche, wackelt mit dem Kopf, schaut, lacht. Ein Kind, denkt Anne. Nur ein kleiner, harmloser Junge. Doch da bleibt er vor den Frauen stehen, die gerade ihr Gespräch aufgenommen haben, und fängt laut und durchdringend an zu schreien, ein übermütiges, schreckliches Gekreische, alle heben die Köpfe, gestört, keiner hält ihn zurück, er schreit mit Lachen in den Augen – er ist stärker als alle, alle schauen ihn an, die Frauen starren sprachlos.

Anne lässt ihr Buch wieder sinken und winkt den Jungen zu sich, er dreht sich zu ihr um. Binnen Sekunden verwandelt sie sich in eine Löwin und fängt an zu brüllen. „Uhaaa", laut und durchdringend. Dann Stille, die Frauen drehen sich erheitert zu Anne um und nicken Beifall, einige lachen, der Kleine aber dreht sich um und rennt davon, versteckt sich hinter der Eingangstür zur Eisdiele. „Das ist das Einzige, was hilft", sagt Anne und wendet sich wieder ihrem Buch zu. Aus den Augenwinkeln sieht sie, wie ein in der Nähe sitzendes Ehepaar seine Sachen packt, der Vater steht auf, pflückt den Jungen von der Glastür und nimmt ihn auf den Schoß, die Mutter verlangt nach der Rechnung. Dann stehen sie auf und gehen schnell weg.

Anne steckt ihr Buch wieder in die Tasche. Das Lesezeichen ist herausgefallen und sie weiß nicht mehr, auf welcher Seite sie war. Sie lacht ein bisschen in sich hinein, erstaunt über ihren spontanen Einfall. Was jetzt? Wie bringt man diesen originellen Tag zu Ende? Die rasende Frau auf dem Fahrrad hat sie daran erinnert, dass sie auf jeden Fall heute noch in ihrem Wald nach Pilzen gucken wollte. Es ist zwar erst Anfang August, aber in diesem Sommer hat es eine Hitzeperiode gegeben und vorher viel Regen.

Erst einmal wird sie das Rad in die Hütte bringen und sich den Pilzkorb holen. In guten Sommern gibt es hier sogar Steinpilze. Anne beugt sich erfreut zu einer ganzen Gruppe hinunter und fängt an, die festesten Exemplare abzuschneiden.

Und was ist das? Da hinten liegt etwas Weißes. Anne schiebt die Zweige und Äste beiseite und geht tiefer in das Dickicht hinein. Halb verborgen hinter einer Buche liegt etwas, das hier nicht hingehört. Bestimmt ein Tier, ein Schafskadaver, alt und verwittert, neben dem auf dem Mooswaldboden schon junge Pilze stehen. Nein, das ist kein Tier. Oh nein, bitte nicht schon wieder. Sie hat Urlaub. Bitte nicht schon wieder eine Tote.

Im Moos liegt ein Mädchen, das ein ehemals weißes Sommerkleid trägt, vielleicht dreizehn oder vierzehn Jahre alt. Ihre langen Haare sind um ihren Kopf herum ausgebreitet wie ein hellbraunes, seidiges Halstuch. Die Augen hält sie geschlossen und die zarten, gleichmäßigen Gesichtszüge in dem blutleeren Gesicht erinnern an eine Puppe aus Porzellan. Langsam nähert sich Anne dem Mädchen. Eine Puppe, wie die, die sie gerade gesehen hat. In einer Brückennische. Dichte Haare und ein Porzellangesicht. Nur eine Puppe?

Behutsam beugt sie sich über das Mädchen. Es hat aus einer Wunde am Kopf geblutet, getrocknetes Blut zieht sich in einem schmalen Streifen quer über die Stirn und das rechte Ohr bis in das weiche Haar. Anne lässt sich vorsichtig auf dem weichen Waldboden nieder. Das Mädchen schläft. Es schläft nur. In aller Unschuld liegt es da, als wäre es ein Versehen gewesen, dass es geredet und gelacht hat, als wäre es jetzt da richtig, wo es ist. Sie ist tot, Anne. Aber das darf nicht sein. Die Grausamkeit, ein ungelebtes Leben und ein unschuldiges, zutrauliches Wesen auszulöschen, wirft die Kommissarin immer wieder aus der Bahn, da nützt ihr auch alle Professionalität nichts.

Anne bleibt eine Weile auf dem Boden sitzen und betrachtet traurig die junge Gestalt, bevor sie ihr Handy aus der Hosentasche zieht und die Notrufnummer wählt.

6

„Wo bitte wohnen Sie?" Der junge Kripobeamte, der eine schwarze Nappalederjeans trägt und dazu ein schwarzes Baumwollhemd, will es nicht glauben. „Hier, in diesem Wald, oder was? Können Sie sich bitte ausweisen?" Genau so hat Anne sich das vorgestellt.

„Kommen Sie kurz mit? Ich habe meinen Dienstausweis zu Hause."

Ohne etwas zu erwidern, holt Marc Willems seine schwarze Lederaktentasche aus dem Auto und folgt Anne zögernd, die bereits durch den Wald eilt. Sie rennt behände querfeldein, zwischen den Bäumen hindurch. Gelegentlich schaut sie sich irritiert um. Der junge Mann stapft so langsam und vorsichtig durch den Wald, als schränke dieser seine Bewegungsfähigkeit schon von vornherein ein. Seine Lederschuhe! Neue Italiener, vielleicht handgemacht! Oder was ist es?

Hinter sich lassen sie die Kollegen der Streifenpolizei, die an der Absperrung des Fundortes durch das obligatorische Flatterband etwas unschlüssig herumstehen, den älteren Kollegen von Willems, Ernst Schweiger von der Kripo Herford, und zwei nervös bellende Spürhunde. Und jetzt sieht Anne auch einen Beamten mit dem schweren Arbeitsgerät für die Spurensicherung den Hügel heraufkommen. Der Notarzt, der zur gleichen Zeit eingetroffen ist wie die Polizei, steht immer noch über das Mädchen gebeugt, während auf dem Borlefzener Kirchweg bereits der Wagen des Bestattungsinstituts mit dem Stahlsarg vorfährt.

Zu Annes Glück oder Unglück ist der Fundort des Mädchens nur wenige hundert Meter von ihrer Hütte entfernt. „Kann ich Ihnen schnell etwas zu trinken holen?" Der junge Kripobeamte mit den kurzgeschnittenen, schwarzen Haaren und der schlechten Laune schüttelt den Kopf. Er hat sich gerade auf der äußersten Kante des Sofas niedergelassen und schaut sich verstohlen in dem Wochenendhaus um. Anne folgt seinem Blick. Alle Türen stehen offen. An den Wänden des schmalen Flures hängen ihre Aquarelle in Blau- und Rottönen, teilweise Landschaften, einige auch abstrakt, ebenso wie im Wohnraum, dessen Decke mit hellem

Holz getäfelt ist. Das Haus wirkt freundlich, auch jetzt, wo die Sonne schon schräg durch die Fenster scheint und die Dämmerung langsam den Raum einnimmt.

Anne bemerkt Marcs Blick zum großen Fenster und zur Terrassentür, dahinter öffnet sich der Blick ins Tal, vom dem sie auch nicht genug bekommen kann. Er sagt nichts. Wahrscheinlich fragt er sich, ob so ein Häuschen nicht besser für eine junge Familie im Urlaub geeignet ist als für eine alte Schnepfe wie sie. Anne greift hinter dem jungen Mann nach ihrem Buch, das noch aufgeschlagen auf dem Sofa liegt, und klappt es zu, wir wollen doch nicht riskieren, dass sich der Junge über das nackte Modigliani-Mädchen auf dem Cover erschreckt, denkt sie. Der zuckt aber schon wegen der plötzlichen Bewegung hinter seinem Rücken zusammen.

„Ich brauche jetzt unbedingt einen Tee, kommen Sie eben mit?"

Marc Willems bewegt sich tatsächlich von der Sofakante hoch, lehnt umständlich seine Aktentasche an einen der beiden Holzpfeiler und folgt ihr in die Küche. „Kennen Sie das Mädchen?"

„Nein, wieso fragen Sie das?" Die Kanne mit dem heißen Teewasser locker in der Hand, dreht sie sich herum und tritt ihm fast auf die Füße. Er geht einen Schritt zurück. Bestimmt hat er sie vorhin auf dem Waldboden sitzen sehen, vor dem Mädchen, in angemessener Entfernung und doch ganz vertieft in ihre Gedanken. Und dann hat sie sich auch noch zu allem Überfluss als Kripobeamtin aus Bielefeld entpuppt. Hat er Angst, dass sie sich einmischt? Anne kann sich keinen Reim auf sein mürrisches Verhalten machen. Betroffenheit, ja, das wäre verständlich, aber diese mürrische Miene?

Anne überlässt dem jungen Kollegen wieder ihr Sofa zum Sitzen und lässt sich ihm gegenüber in den Korbsessel fallen.

„Erzählen Sie mir doch bitte genau, wie Sie die Leiche gefunden haben."

„Darf ich erst einmal erfahren, was dem Mädchen zugestoßen ist? Ist sie ermordet worden, vergewaltigt? Wissen Sie schon, wer sie ist? Wohnt sie hier in der Nähe?" Die Herforder Kollegen haben Anne die ganze Zeit auf Abstand vom Fundort des Mädchens gehalten.

Marc Willems stutzt und guckt sie ärgerlich an. „Genickbruch. Keine offensichtlichen Verletzungen bis auf diese Wunde an der Stirn allerdings."

„Wann ist das passiert? Todeszeitpunkt?"

„Wir sind doch noch ganz am Anfang. Sagen Sie mir lieber mal, wie haben Sie das Mädchen gefunden?"

Wieso macht den meine Frage so gereizt? Immerhin ist sie eine Kollegin von ihm und keine neugierige Zeugin. Sie merkt plötzlich, wie müde sie ist. Es reicht jetzt, denkt sie, für heute reicht es. Ich werde dir ein paar Fragen beantworten, und dann muss es gut sein, mein Junge. „Also: Ich habe das Mädchen beim Pilze Sammeln gefunden. Ich war gerade von einer Radtour nach Vlotho zurückgekommen, das war so um circa siebzehn Uhr fünfzehn. Ungefähr um halb sechs, vielleicht auch etwas später, bin ich in den Wald gegangen."

Marc nickt, umständlich zieht er seinen kleinen Laptop aus der Aktentasche, balanciert ihn auf seinen Knien und klappt ihn auf. „Welchen Weg?"

„Bitte?"

„Welchen Weg sind Sie gefahren von Vlotho?"

Als ob es da viel Auswahl gäbe. Aber natürlich, sie hätte auch über den Buhn zurückkommen können, den offiziellen Weserfahrradweg, der an dieser Stelle so steil ist, dass ihn kein Fahrradfahrer benutzt. „Die Landstraße. Also die zwischen Uffeln und dem alten Forsthaus. Dann den Borlefzener Kirchweg hinauf und oben direkt den kleinen Pfad hier herein." Sie deutet aus dem Fenster. „Das Stück da durch den Wald bis hierher."

Marc starrt zum Fenster, ohne sich zu bewegen. Auch den Laptop benutzt er nicht.

So kann das nicht klappen, mit den Ermittlungen, mein Junge, denkt Anne. Wie wäre es mit einer kleinen Steigerung der Beweglichkeit? Er schaut immer noch nach draußen. Was gibt es da Faszinierendes? Anne folgt seinem Blick. Der kleine Waldweg liegt jetzt im Dunkeln. Nur eine Laterne beleuchtet die Hütte schwach, in ihrem Licht sieht man ein Fahrrad, das an den Zaun gelehnt ist.

„Gibt es hier eigentlich noch ein Nebengebäude, einen Schuppen oder so was?"

„Ja, sicher, einen Schuppen gibt es, der ist aber ziemlich weit vom Haus entfernt, deshalb benutze ich ihn als eine Art Garage. Er steht da", Anne deutet aus dem Wohnzimmerfenster in den anderen Teil der Dunkelheit, „hinter dem Haus, in der Verlängerung des Waldweges, Sie können ihn von hier aus nicht sehen."

„Im Wald?"

„Ja", sagt Anne amüsiert. „Wo sonst?"

Marc senkt den Kopf und starrt auf den kleinen Bildschirm. Umständlich zieht er eine ausklappbare Tastatur aus seiner Aktentasche, faltet sie auseinander und stöpselt die Schnur in den Computer. Nächste Frage, beeil er sich, denkt Anne.

„Ist Ihnen auf dem Weg von Uffeln zurück hierher oder auf dem Borlefzener Kirchweg irgendetwas aufgefallen? Haben Sie ein Geräusch gehört, einen Wagen gesehen oder dergleichen?"

„Nein, gar nichts. Jedenfalls nicht heute Nachmittag." Anne hält sich die Hand vor den Mund und gähnt ausgiebig, dann gießt sie sich noch einen Tee ein. Von der Terrasse weht ein unwiderstehlicher Sommerabendduft in das Zimmer. Sind das die Nachtkerzen, oder was riecht hier eigentlich so intensiv?, überlegt sie, und dann fällt ihr Blick wieder auf den jungen Kollegen, der immer noch an seinem Gerät herumbastelt. „Irgendwann heute ist mir allerdings ein blauer Passat Kombi entgegengekommen. Das war hier, auf dem Borlefzener Kirchweg. Der kam von oben, ziemlich schnell", fügt sie hinzu und schaut wieder aus dem Fenster ins Dunkle.

„Ein dunkelblauer Passat war das? Kennzeichen?"

„LIP. Den Rest habe ich mir nicht gemerkt."

„Wann war das?"

„Als ich los bin, also heute Vormittag."

„Wahrscheinlich ist die Kleine sowieso zu Fuß hierher gekommen", sagt der Kollege halblaut.

„Was?", Anne setzt ihren Tee ab und beugt sich auf ihrem Sessel vor, „ist sie ein Mädchen aus der Siedlung hier oben? Wissen Sie doch schon was?"

Willems tippt ungerührt weiter auf der Tastatur herum und schaut nicht hoch. „Nein, das nicht. Aus dieser Gegend hier liegt keine Vermisstenanzeige vor, und das Mädchen ist hier nicht bekannt."

Woher weiß der das schon so genau?, fragt sich Anne. Ach ja, als die beiden Herforder eintrafen, hat Schweiger sofort zwei Streifenpolizisten mit einem Foto des Mädchens zur Anwohnerbefragung losgeschickt. „Hierher gelaufen? Von Vlotho hierher gelaufen? Oder von Rinteln, oder wo? Das sind doch Kilometer! So viel laufen doch die Jugendlichen heutzutage nicht mehr am Stück. Wie kommen Sie überhaupt darauf?"

Der Kollege macht eine abwehrende Handbewegung und hält den Blick weiter wichtig auf den Bildschirm gerichtet, aber Anne lässt nicht locker. „Wie kommen Sie darauf, dass das Mädchen nicht mit einem Auto hierher gebracht und hier abgeladen wurde?"

„Wir haben sichere Anzeichen", ergeht sich der Kollege, aber dann kann er es sich doch nicht verkneifen: „Haben Sie zum Beispiel ihre Schuhe gesehen? Abgetragen, wie nach einer langen Wanderung. Auch kaputt. Und den Rucksack? Haben Sie den gesehen?"

Anne schüttelt den Kopf.

„Sehen Sie! Ein Schulrucksack. Wir haben ihn nicht weit von dem Mädchen gefunden – ordentlich an einen Baum gelehnt. Darin eine Brötchentüte von dem Bäcker gegenüber dem Einkaufsmarkt in Uffeln."

„Und was beweist das?"

„Aber das liegt doch auf der Hand: Das Mädchen wird hier Rast gemacht haben. Kurz bevor es umgekommen ist."

Als sie Marc Willems endlich los ist, merkt Anne plötzlich, wie wütend sie ist. Sie läuft mit in den Hosentaschen geballten Fäusten in der Hütte auf und ab, geht dann auf die Terrasse und lässt sich in ihren Liegestuhl fallen.

Wohin wollte das Mädchen? Was hat es hier, in ihrem Wald, gesucht? Und wer hat es umgebracht?

Abrupt steht sie von ihrem Terrassenstuhl wieder auf und marschiert ins Wohnzimmer.

Was ist, wenn die Kleine wirklich hier umgebracht worden ist? Wo ist dann jetzt der Mörder, womöglich der Vergewaltiger des Mädchens?

Schließlich sichert sie sorgfältig alle Fensterläden. Das hat ihr gerade noch gefehlt: Ein freilaufender Frauenmörder in ihrem Wald. Hier fährt sie hin, um Abstand zu bekommen von ihrem Alltag, der sie manchmal total fertig macht. Nicht so sehr die Arbeit, als vielmehr die Grausamkeit, mit der sie bei ihren Fällen zu tun hat. Ermordete und weggeworfene Kinder, gequälte und misshandelte Frauen, erschossene oder erstochene Männer.

Wieder fällt ihr das Versteck unter der Brücke ein. Müsste sie die Kollegen nicht darüber informieren? Wenn sie das jetzt sofort tut, kann sie in Ruhe weiter Urlaub machen. Wenn sie denen Bescheid sagt, hat sie alles von sich abgewälzt und kann sich auf ihre Bücher und ihre Pläne konzentrieren. Sie könnte morgen losradeln nach Hameln und mit dem Zug zurückfahren. Oder in Richtung Petershagen, die Storchennester besuchen, sich vielleicht an der Weser ein gemütliches Gasthaus suchen und dort nach der Radtour schön essen gehen. Einfach Urlaub machen eben. Aber etwas hält sie davon ab. Vielleicht die Stiefel, die gerade ihren Wald zertrampelt haben, die Rufe und das Lachen über den dummen Witz eines Kriminaltechnikers, das immer noch durch die Bäume kreischt. Entweiht worden ist ihr Wald, ja, entweiht, aber nicht von dem kleinen Mädchen, das dort so friedlich hinter dem Baum gelegen hat.

Sie wird selbst herausfinden, was es mit dieser Puppe unter der Brücke auf sich hat.

Sollen die Kollegen erst mal ermitteln, wer das Mädchen überhaupt ist und wie es umgekommen ist, damit haben die schon genug zu tun. Und dann wird sich ja zeigen, ob es einen Zusammenhang gibt oder nicht.

7

Lydia stand vor dem Haus ihrer Eltern, einem gepflegten, einfachen Reihenhaus in einer Straße auf der „Lieth“ in Paderborn, in der die Straßenbäume noch nicht die Größe erreicht haben, bei der man sie als Begrünung einer Siedlung ernst nimmt. Die „Lieth“ ist ein in den achtziger Jahren erbautes Viertel am Rande der Stadt, in dem viele Aussiedler und Migranten leben. Jede Familie hat einen eigenen Garten zu pflegen, vielleicht nur ein kleines Stück, aber immerhin etwas Grün. Zunächst waren hier noch einzeln stehende Häuser gebaut worden, aber dann waren die Zinsen explodiert, und so wohnen die meisten Menschen hier, stolz darauf, etwas Eigenes zu besitzen, dicht an dicht mit ihren Nachbarn.

Das Mädchen ließ die Haustür nicht aus den Augen, als es jetzt seinen Zopf, der ihm lang den Rücken hinunterhing, löste und das lange, hellbraune Haar schüttelte, bis es sich wie ein seidiger Teppich um die Schultern und über den Rücken legte. Ein Lächeln huschte über Lydias blasses Gesicht. Sie warf noch einen Blick auf das Haus, die Tür, darüber die Fenster mit den altmodischen Spitzengardinen an den Scheiben. Alles ruhig, sie brauchte nichts zu befürchten, niemand mehr da. Mutter war zu Tante Anna gegangen, um ihr mit dem Mittagessen zu helfen, das wie immer am Freitag dort gemeinsam eingenommen wurde, zusammen mit Oma und den beiden Tanten. Alina, die Kleine, und die großen Brüder Alex und Jakob waren in der Schule, Vater schon um sechs Uhr zur Arbeit gefahren.

Es war Tobias, der ihr an dem Abend das Haar so geöffnet hatte, Lydia erschauerte. „Sünde, das ist Sünde.“

Dann die Schläge, die sie getroffen hatten, links, rechts, ins Gesicht, auf den Rücken, als sie den Versuch gemacht hatte, sich wegzuducken, in die hinterste Ecke des Wohnzimmers.

Sie war aufgesprungen und hinausgerannt. „Hure, du Hure!“ hatte es hinter ihr hergeklungen, bevor sie das Zimmer erreicht hatte, das sie mit der kleinen Schwester Alina teilte, hatte sich an ihren Schreibtisch gesetzt und versucht, die Tränen hinunterzuschlucken. Schließlich hatte sie sich fest in ihre Hand gebissen. Keiner brauchte zu sehen, dass sie weinte, keiner. Sie sollten nicht auch noch ihre Schmerzen sehen. Sie war aufgestanden, hatte ihr Haar vor dem Spiegel geöffnet und gekämmt. Dann hatte sie ihre Schulsachen aus dem Rucksack gepackt und unter ihrem Bett versteckt. Sie hatte aufpassen müssen: Wenn Alina mitbekommen hätte, dass sie irgendetwas Ungewöhnliches tat, wäre sie sofort zu Mutti gerannt und hätte gepetzt, und dann hätte es keine Möglichkeit mehr gegeben zu entkommen.

Lydia hatte sich ins Bett gelegt, ihr Nachthemd ein bisschen hochgeschoben und sich zwischen den Beinen berührt. An dem Abend hatte er ihr den Pullover ausgezogen und ihre Brüste gestreichelt. Es war ganz sanft und schön gewesen Es war einfach himmlisch gewesen, nicht so, wie die Eltern gesagt hatten: schlimm, sündig, vom Teufel. Wie kann etwas, das sich so schön anfühlt wie die Zärtlichkeiten zwischen Tobias und ihr, vom Teufel sein? Beim ersten Mal hatte sie fast damit gerechnet, dass jetzt etwas Furchtbares passieren würde. Die Erde müsste sich auftun, eine laute Stimme rufen: „Steinigt sie, steinigt sie", so wie in der Bibel, mindestens aber müsste ihr auf dem Heimweg von dem Haus, in dem Tobias mit seiner Mutter lebte, etwas Schlimmes zustoßen. Ein Auto hätte sie anfahren müssen, ein Blitz aus blauem Himmel sie treffen. Nichts dergleichen war geschehen.

Die Eltern hatten gerade die Tageslosung und die Bibel zur Nacht gelesen, als sie angekommen war und sie hatte sich schnell Gesicht und Hände gewaschen, die Haarklämmerchen fester in den wieder geflochtenen Zopf gesteckt und sich zu ihnen ins Wohnzimmer gesetzt. „Wir neigen uns zum Gebet", hatte der Vater gesagt und zehn Minuten lang zum „lieben, himmlischen Vater gebetet, um Weisheit, um Keuschheit und um Führung auf allen unseren Wegen und in allen unseren schwierigen Aufgaben in dieser gottlosen Welt, in die du uns gestellt hast." Als Lydia halblaut „Amen" gemurmelt hatte, hatte sie erst gemerkt, dass sie immer noch an Tobias' lange Küsse dachte, wie er dabei seinen Körper an sie gedrückt hielt, sodass ein heißes Feuer in ihr entbrannt war, das sie nur löschen konnte, wenn sie sich eine Weile zwischen den Beinen streichelte.

Lange Zeit hatte sie nicht gewusst, was da überhaupt mit ihr vorging. Mutter hatte nie darüber gesprochen, wie das mit Männern und Frauen war. Hatun, ihre kurdische Freundin aus der Straße, hatte es immerhin in der Schule erfahren und ihr nach langem Drängen dann alles erzählt, was sie wusste. Aber Hatun hatte in der Schule nie richtig aufgepasst und was sie wusste, genügte Lydia nicht. Wie viele andere Kinder aus baptistischen Familien hier in Paderborn, die aus Russland gekommen waren, hatte Lydia lange nicht zur Schule gehen dürfen. Die Grundschule war voller gottloser Menschen, die den Kindern falsche Dinge über das Leben und die Welt beibringen wollten. Mit dieser Welt wollte Lydias Familie nichts zu schaffen haben. Sie gehörten wie alle Menschen in der Gemeinde dem Herrn, und nichts in dieser deutschen Stadt würde sie dazu bringen, vom Wege des Herrn abzuweichen und den Weg der Sünde zu gehen. Die deutsche Schule war vom Teufel. Auf schamlose Weise wurde da alles Geschlechtliche in den Vordergrund gestellt. Es wurde geradezu geworben für geschlechtliche Vereinigungen, die der himmlische Vater allein für die Ehe vorgesehen hatte. Verderbt waren die Menschen dort, bis auf den Grund ihres Herzens. Und nur, wenn sie zum Herrn gefunden haben würden, wenn der Segen Gottes wieder auf dieser Stadt ruhen könnte, erst dann würden die baptistischen Kinder vielleicht in die öffentliche Schule gehen können. Das war es, was Bruder Meloch jeden Sonntag von der Kanzel predigte. Lydia hatte erst nicht so viel davon verstanden. Was war dieses Geschlechtliche, von dem immer die Rede war? Warum war es so wichtig?

Wenn sie bloß diesem Mann, dem Bruder Meloch, nicht mehr begegnen müsste, dann wäre ihr schon wohler. Aber so darf sie nicht denken, nein, nicht so. Aber Lydia hatte Angst vor ihm.

Im ersten Schuljahr hatte Lydia jeden Tag in das Haus von Bruder Meloch gehen müssen. Zum Glück war Schwester Jeschke ihre Lehrerin gewesen. Sie hatten viel gebetet und Jesus-Lieder gesungen. Schwester Jeschke hatte ihnen aus der Bibel vorgelesen. Die Sprüche des Tages, die Verse der Woche, die Bibelstellen des

Monats. Sie hatten sie auswendig hersagen müssen und dann wieder singen und beten. Von dem, was die anderen Kinder aus der Straße lernten, kriegten sie nichts mit. Nicht das, was Lydia wissen wollte. Sie hatte immer eine Schule, eine richtige, deutsche Schule besuchen wollen. Mutter konnte kaum schreiben und lesen, nicht einmal die Straßennamen. In Kasachstan hatte sie immer auf ihre jüngeren Geschwister aufpassen müssen, war kaum zur Schule gegangen.

Aber hier in Deutschland war doch alles anders. Hier lernte man einen Beruf, auch die Mädchen. Auch Lydias Papa hatte gewollt, dass sie in die Schule ging. Und so war es auch geplant gewesen. In ihrem ersten Jahr in Paderborn war sie oft an der Grundschule im Peckelsheimer Weg vorbeigegangen und hatte sich auf den Moment gefreut, in dem sie durch die große Eingangstür in die Schule hineintreten würde.

Dann war eines Tages Bruder Meloch zu Besuch gekommen. „Er ist einer der Ältesten der Gemeinde“, hatte Papa gesagt und später: „Bruder Meloch ist jetzt unser Gemeindeleiter“, und das musste etwas sehr Wichtiges sein. Bruder Meloch hatte lange Gespräche mit Lydias Eltern geführt, und auch mit Karinas und Nadjas Eltern, hatten die Freundinnen erzählt.

„Aber unsere Kinder sollen einmal Gottes Liebe in die Welt hineintragen. Sie sollen gute Berufe haben. Natürlich werden die Mädchen dann auch für ihre Familien da sein“, hatte der Vater erklärt.

„Aber verstehen Sie doch, Bruder Mewes, die deutsche Schule ist nichts für unsere Kinder. Sie wird sie von dem entfremden, was unser Gott uns aufgetragen hat. Sie wird sie verderben und für das himmlische Reich unbrauchbar machen.“

Schließlich hatten die Eltern Bruder Meloch in allem zugestimmt. Und Lydia hatte begreifen müssen, dass sie nicht in das Gebäude mit den bunt beklebten Fenstern gehen würde. Stattdessen der Hausunterricht bei Schwester Jeschke. Ihre Brüder Alex und Jakob hatten immer zur Schule gehen dürfen.

Aber es waren Briefe gekommen: Lydia hatte nach und nach begriffen, dass sie von der Stadt Paderborn waren und dass die nicht einverstanden war, wenn sie nicht zur Schule ging. Oft kam Bruder Meloch zu Besuch, und dann wurde hinter geschlossenen Türen laut diskutiert. Sie hatten nicht weiter zu Hause bei Bruder Meloch unterrichtet werden können, das war nicht erlaubt, hatte Lydia verstanden. Heimlich war sie darüber sehr froh gewesen, obwohl es nicht recht war, wenn sie etwas anderes wollte als ihre Eltern.

„Du sollst Vater und Mutter ehren", so hatte Schwester Jeschke fast jeden Morgen angefangen, und Lydia hatte dann immer ganz fest die Augen zugemacht, um herauszufinden, ob sie wirklich innen drin ganz rein wäre. War da nicht ein kleiner sündiger Wunsch in ihr? „Pass auf, kleines Auge, was du siehst, pass auf, kleines Ohr, was du hörst, pass auf, kleiner Mund, was du sprichst, denn der Vater in dem Himmel schaut herab auf dich", war der Text eines der Lieder extra für Kinder, die sie mit Schwester Jeschke gesungen hatten.

Aber die Schule, die Schule!! Jetzt würde sie doch mit Hatun und Yasemin in die Grundschule gehen dürfen. Vielleicht jeden Tag, ja, bestimmt jeden Tag. Und dann musste sie nicht mehr zu Bruder Meloch. Endlich. Den hatte sie von Anfang an nicht gemocht, „Pass auf, kleines Herz, ...", hatte sie schnell gesagt, wenn sie daran gedacht hatte, wie schrecklich sie Bruder Meloch fand. Er war so kalt und streng mit den Kindern, war ihr so vorgekommen, wie der aus dem Märchen „Das kalte Herz", das ihnen Schwester Jeschke einmal erzählt hatte, als sie von Gottes Liebe zu den Menschen geredet hatte. Ja, wie einer, dem man alles recht machen musste, sonst wurde er ganz hart. „Das kalte Herz, das kalte Herz", hatte Lydia vor sich hingemurmelt, wenn sie an ihn denken musste, und dann hatte sie sich erschrocken den Mund zugehalten. „Pass auf, kleiner Mund, was du sprichst ..."

Und dann war sie doch nicht zur Schule in Paderborn gegangen. Eines Tages hatte es geheißen, die Mutter würde mit ihr und einigen anderen Kindern aus der Gemeinde weggehen. In ein anderes Land, nach Österreich. Dort könne man selbst entscheiden, in welche Schule die Kinder gehen, oder selbst eine Schule machen, hatte Mutti Lydia erklärt, so wie Schwester Jeschke und Bruder

Meloch. Viel später hörte Lydia einmal von Tobias' Mutter, was zu dieser Zeit passiert war: Die Eltern hatten sich wie die anderen aus der Gemeinde geweigert, das Bußgeld zu bezahlen oder ins Gefängnis zu gehen, und dann hatte ihnen der Entzug des Sorgerechts für die Kinder gedroht. Die ganze Gemeinde hatte Geld für die Familien gesammelt, deren Kinder mit ihren Müttern ins Ausland gegangen waren. In die Fremde. Aber das Geld hatte nicht gereicht, sie hatten zurückfahren müssen.

Als Lydia in Paderborn angekommen war und ein paar Tage später Hatun wiedergesehen hatte, hatte sie sich zuerst wahnsinnig gefreut: Hatun hatte ihr sofort gezeigt, was sie schon alles konnte, was sie schon alles in der Schule gelernt hatten. Auch ihr Deutsch war viel besser geworden. Abends im Bett hatte sich Lydia in den Schlaf geweint. Sie durfte nicht lernen, sie durfte nicht leben. Was hatte sie schon davon, wenn sie irgendwann mal in den Himmel käme? Sie wollte Bücher haben und lesen.

Bald danach aber war das Wunder in Lydias Leben gekommen. Da begann die schönste Zeit, an die sie sich erinnern kann.

Den Eltern, die sich nicht an das Gesetz der Schulpflicht hielten, war das Sorgerecht entzogen worden und Lydia war zu Tobias und seinen Eltern, Nina und Johann, in Pflege gekommen. Sie waren auch Baptisten und doch so anders als Lydias Eltern. Sie waren fröhlich und glücklich, umarmten sich, rannten manchmal laut und übermütig in der Wohnung herum und lasen nicht zur Nacht in der Bibel. Nur am Sonntag gingen sie zum Gottesdienst.

Lydia hatte nicht am Mittwoch in die Bibelstunde gehen müssen und was das Schönste war: Sie war endlich zur Schule gegangen. Es war sehr schwer für sie gewesen, weil sie fast ein Jahr versäumt hatte. Aber Nina und Tobias hatten ihr mit den Schularbeiten geholfen.

Nina zog sich gerne hübsch an, zeigte ihre schönen Haare. Nicht wie Lydias Mutter, die ihren langen Zopf unter einem Kopftuch verbarg und über ihren langen Röcken weite Pullover trug. Und Nina konnte lesen und schreiben, sie war sogar Lehrerin an einer Grundschule. Lydia war nie mehr so gut in der Schule geworden, wie sie es sich immer gewünscht hatte. Aber sie hatte doch viel gelernt. Und nach der vierten Klasse hatte sie auf die Gesamtschule Kaukenberg wechseln können.

Tobias war zwei Jahre älter und ging zum Gymnasium. Da wäre Lydia auch gerne hingegangen, aber das war noch zu schwer für sie.

Aber mit seiner und Ninas Hilfe würde sie das auch schaffen, ganz bestimmt. Sie würde alles Versäumte eines Tages aufgeholt haben.

Ihre Eltern hatte Lydia immer seltener besucht. Immer, wenn sie kam, hatte Vater viele Fragen, wie oft sie in der Bibel lese, ob sie jeden Morgen und jeden Abend bete, ob sie sich von Jungen fern hielte und: Was man ihnen in der Schule an schlimmen, geschlechtlichen Sachen erzählte. Dann hatte sie alles im Beisein der Eltern dem Herrn sagen müssen, damit ihr Herz frei würde von dem schlimmen, sündigen Treiben. Sie erinnere sich nicht daran, was sie Schlechtes gelernt hätte, hatte Lydia nur gemeint. Das hatte ihren Vater manchmal sehr böse gemacht.

Aber dann war Johann gestorben und Nina hatte einen neuen Freund gefunden. Bruder Meloch hatte ihr „sündiges Treiben" verurteilt. Aber Nina hatte das alles nicht so ernstgenommen, das hatte Lydia an ihr schon immer bewundert. Sie selbst musste alles, alles immer so ernst nehmen. Aber das Leben war doch auch ernst und schwer. Lydias Eltern hatten vor Gericht durchgesetzt, dass sie das Sorgerecht wieder erhielten, weil sie versprachen, Lydia selbstverständlich weiter zur Schule zu schicken.

Lydia war aber jeden Tag in ihr altes Zuhause zurückgegangen. Manchmal war Nina nicht da gewesen, und sie war mit Tobias allein. Vor ein paar Monaten hatten sie sich einmal zusammen auf Tobias' Bett gesetzt. Plötzlich hatte er ihren Zopf genommen, leicht darüber gestrichen und gesagt: „Wie siehst du eigentlich mit offenen Haaren aus, Lydia?"

Tobias war da schon fünfzehn, seine Stimme brach nicht mehr, sie war richtig tief geworden und an seinem Kinn wuchsen kleine Härchen.

Lydia war erschauert. Sie hatte Tobias schon immer toll gefunden, nicht so blöd wie ihre Brüder, sondern total nett und vor allem schlau. Er hatte ihr immer geholfen, er war der beste Bruder, den sie sich nur vorstellen konnte. Oder na ja, eher der beste Freund.

So hatte es angefangen. Und jetzt musste sie immer aufpassen, wenn sie mit Tobias zusammen war. Er hatte sie geküsst. Ganz lange. Es war schön. Dann hatte er ihre Brüste berührt. Aber später hatte er sie ausziehen wollen, das durfte doch nicht sein. Er hatte seine Hand in ihre Hose stecken, den Reißverschluss aufmachen, in ihren Schlüpfer fassen wollen. Sie hatte ihn das nicht tun lassen, nur einmal hat sie nicht richtig aufgepasst, da hat er es geschafft und ist bis unten zwischen ihre Beine gekommen, dort wo sie so weich und warm und feucht war. Sie hatte Tobias' Keuchen gehört und musste selbst auch etwas schneller atmen. Aber dann hatte sie seine Hand weggeschoben.

Seitdem durfte er ihr nur noch unter den Pullover fassen. Lydia hatte Angst. Vor der Ehe etwas Geschlechtliches tun, war Sünde. Sie wollte nicht, dass die Eltern Recht bekamen, dass sie ihre Unschuld, ihre Reinheit und ihre Gotteskindschaft verlor. Aber sie liebte Tobias.

Als ihr Vater sie vorgestern Abend an der Tür abgepasst hatte, weil sie eine Stunde zu spät nach Hause gekommen war, hatte er sie gezwungen, ihm zu sagen, wo sie den ganzen Abend gewesen war. Sie durfte ihn doch nicht anlügen. Und dann hatte er sie geschlagen. Sie hatte alles Tobias erzählt. Und er hatte ihr versprochen, mit ihr wegzulaufen.

Nun stand sie immer noch hier und wartete auf Tobias.

Er hatte ihr versprochen, sie an ihrem Haus abzuholen, wenn alle weg wären. Aber wo blieb er denn? Sie schaute auf ihre Uhr. Er hatte vor einer halben Stunde hier sein wollen. Warum kam er nicht endlich? Lydia nahm den Rucksack wieder auf und ging langsam die Straße entlang. Dann bog sie in den schmalen Fahrradweg zu Tobias' Haus ein. Sie legte den Finger auf die Klingel und ließ ihn dort liegen, aber im Haus rührte sich nichts. War er zur Schule gegangen? Er hatte doch versprochen, mit ihr wegzulaufen. Oder hat er es gar nicht so gemeint? „Wo willst du denn hin, Lydia?“, hatte er gefragt. „Wir müssen doch zur Schule.“

„Aber ich kann hier nicht mehr bleiben. Wir könnten uns einfach eine Wohnung suchen und von da zur Schule gehen. Ich kann doch jetzt nicht mehr hier bleiben. Wenn mein Vater mich wieder schlägt!“ Tobias hatte sie nur angesehen und versprochen, sich am nächsten Tag früh mit ihr zu treffen. Sie könnten dann überlegen, was zu tun sei.

Tobias war aber nicht gekommen. Und zu Hause schien er auch nicht zu sein. Lydia nahm den Rucksack auf den Rücken und lief los.

9

„Bruch der oberen beiden Halswirbel, vermutlich durch Sturz auf einen harten Gegenstand. Verletzungen im Gesichtsbereich, Nasenbein einfach gebrochen. Spermaspuren, geringfügig. Keine Verletzungen im Genitalbereich“, Schweiger sitzt an seinem Schreibtisch im Herforder Kommissariat und hält den Bericht des Gerichtsmediziners in der Hand. *„Eine Rose gebrochen, noch ehe sie erblüht.* Oder nein: ... *ehe der Sturm sie entblättert.* Wer hat das geschrieben?“, fragt er Marc Willems, der gerade hereingekommen ist.

Der junge Kommissar verdreht die Augen. Schweiger liest neuerdings Gedichte und zitiert ständig aus dem Gedichtband, den er sich zugelegt hat. Außerdem macht er Fortbildungen in kreativem Schreiben. Das macht er nur, um mir auf den Geist zu gehen. Oder nein: Schweiger hat Angst vor dem altersbedingten Gedächtnisschwund, denkt Willems, deshalb hat er sich den „Conrady“ angeschafft und lernt Gedichte auswendig.

„Es war Lessing“, sagt Schweiger in diesem Augenblick. „Gotthold Ephraim Lessing, in seinem Stück *Emilia Galotti.*“

Der junge Beamte verdreht wieder die Augen, geht betont langsam zum Schreibtisch seines Chefs und nimmt die Fotos von der Leiche auf. „Spermaspuren? Vergewaltigt?“

„Sieht nicht so aus. Keine Verletzungen im Genitalbereich, steht hier zumindest, und bisher habe ich Hugo immer Glauben geschenkt. Übrigens: Emilias Vater, Odoardo Galotti, brach diese Rose. Er erstach seine eigene Tochter.“

Marc sieht irritiert hoch.

„Emilia selbst bat ihn darum. Und weißt du auch warum? Sie wollte nicht vom Prinzen verführt werden. *Verführung ist die wahre Gewalt,* sagte sie zu ihrem Vater und überredete ihn dazu, sie zu erstechen. Alles, damit sie nicht im Bett dieses Adligen landen musste.“ Schweiger sieht den Kollegen erwartungsvoll an.

Marc tippt sich an die Stirn. „Andersch hat sie schon obduziert?“, fragt er dann.

Dr. Hugo Andersch ist eine Autorität im Präsidium. Genauso wie Ernst Schweiger. Dabei kommt es nicht so genau darauf an, ob diese Leute auch gut arbeiten. Allerdings kann man Andersch das nicht grundsätzlich absprechen. Er ist schon recht kompetent. Aber ansonsten scheint er nicht von dieser Welt zu sein. Klein, verklemmt und schrullig ähnelt er mehr den Gerichtsmedizinern im Fernsehen.

Und Schweiger erst! Der hat doch noch nie woanders gelebt als in Bad Salzuflen, dem gepflegten Kurort mit seinen knapp sechzigtausend Einwohnern. Ein Freiluftinhalatorium! Gradierwerke, wohin man blickt. Statt in einem der wenigen Oberzentren in Ostwestfalen-Lippe zu wohnen, zieht es Schweiger vor, mit seiner Mutter in einem vornehmen Badestädtchen zu residieren. Mutter Schweiger muss inzwischen bestimmt schon achtzig sein. Neulich hat der Chef erzählt, dass sie einige Freunde habe, die extra nach Salzuflen gezogen seien, weil dort so viel geboten werde – Theater, Konzerte, alles für Senioren, was man sich nur vorstellen kann. Marc stellt sich vor, wie Schweiger am Sonntag, gepflegt gekleidet, mit der Frau Mama am Arm durch die Lange Straße in Bad Salzuflen geht, anschließend über den Salzhof in eines der vielen Cafés, zum Beispiel dorthin, wo immer ältere, alleinstehende Männer ihr Mittagessen einnehmen. Und dann in den Kurpark.

In Salzuflen scheint nie etwas zu passieren. Haben sie da schon mal irgendeinen Fall gehabt, ein Verbrechen untersucht? Außerdem kann er sowieso nicht verstehen, wieso alle Fußgängerstraßen in den Lippischen Städten „Lange Straße" heißen. Wie oft ist er schon in Langen Straßen in Detmold, Bad Salzuflen, Bad Oeynhausen und Vlotho gewesen? Kein Wunder, dass die da so einen literarischen Knall kriegen. Marc gähnt und wendet sich wieder den Bildern zu.

„Das heißt ja noch nichts, wenn sie keine Verletzungen im Genitalbereich hat. Man kann ihr ja ein Messer an den Hals gehalten und sie so gefügig gemacht haben."

Schweiger schüttelt den Kopf. „Hast du gesehen, wie zart sie war? Wie sollte das ohne Verletzungen abgehen?"

„Sie hat doch einen Schlag ins Gesicht gekriegt, oder?" Marc deutet auf die Bilder.

„Ja, einen. Das war's. Sie ist umgefallen und rückwärts auf einen Zweig oder einen Baumstamm gestürzt. Genickbruch. Danach hat der Täter dann offenbar das Weite gesucht, jedenfalls den Spuren nach zu schließen."

„Wer war sie? Und mit wem hat sie vorher geschlafen?"

Ein junges Mädchen im weißen Kleid, das hinter einem Baum lag. Vorgestern hat Marc die gesamte Vermisstendatei der Region Weserbergland/Ostwestfalen-Lippe durchsehen müssen. Drei Stunden hat ihn das gekostet. Neunundfünfzig vermisste Kinder und Jugendliche im letzten Jahr. Das Mädchen war nicht dabei. In der Sonderkommission „Mädchenfund", die noch am Sonntag eilig zusammengerufen worden war, hatte man ihm mal wieder die unangenehmen Jobs zugeschoben. Wie dem Carlo im Tatort mit Batic und Leitmayr, der auch immer die Routinetätigkeiten übernehmen muss, dies aber mit seiner seltsamen Art von Humor überspielt. Im Gegensatz zu ihm. Marc kann seinen Job hier nicht locker und entspannt sehen. Genau genommen, kann er in letzter Zeit gar nichts mehr locker und entspannt sehen. Er ist es zwar gewöhnt, dass er unter seinen Fähigkeiten beschäftigt wird, aber deshalb geht ihm das trotzdem gewaltig auf die Nerven. Ist er nicht der Computerfachmann hier? Ist nicht er derjenige, der sich mit Jugendlichen und jungen Erwachsenen am besten auskennt?

„Ach richtig, das weißt du ja noch gar nicht", meint Schweiger jetzt, „eine Lehrerin hat sich auf die Rundfunkdurchsage im WDR gemeldet, sehr wahrscheinlich die Klassenlehrerin des vermissten Mädchens. Siebte Klasse, Gesamtschule Kaukenberg in Paderborn. Sie hat ihre vierzehnjährige Schülerin Lydia seit Donnerstag nicht gesehen. Aber das ist in dem Fall nichts so Besonderes, da ihre Eltern sowieso Probleme haben, die Kinder regelmäßig zur Schule zu schicken. Ihre Beschreibung passt ganz genau auf das Mädchen. Hüftlange, hellbraune Haare, 1.58 groß, ca. 45 Kilo schwer. Übrigens: Auch die Kleidung kannte diese Lehrerin. Ein weißes Sommerkleid habe Lydia in letzter Zeit häufiger angehabt. Vorher immer nur Röcke und Pullover, niemals Hosen. Die Eltern haben übrigens gerade bestätigt, dass ihre Tochter verschwunden ist. Seit Freitag. Und gestern sind sie auch mal auf die Idee gekommen, sie als vermisst zu melden. Auf das Fax mit der Vermisstenmeldung aus Paderborn warte ich schon die ganze Zeit. Übrigens: Wenn sich herausstellt, dass es das Mädchen aus Paderborn ist, bekommen wir zwei Leute von da unten zur Verstärkung, einen Kollegen Möller und noch eine Frau."

„Aus Paderborn ist das Mädchen? Und wieso schicken die Eltern ihre Kinder nicht regelmäßig zur Schule?"

„Was?", Schweiger schreckt auf. Er hat auf sein Bücherregal gestarrt.

Marc folgt seinem Blick und geht langsam an die Wand gegenüber von Schweigers Schreibtisch. In Schweigers Regal steht neben dem Conrady ein offensichtlich neues Bändchen mit Rilke-Gedichten. Er zieht es heraus. „Kein Hölderlin mehr?"

„Lässt du das bitte stecken!" Schweiger wird laut. „Was wolltest du wissen?"

„Ist deine Mutter eigentlich auch literarisch tätig?", fragt der Jüngere jetzt boshaft, und Schweiger richtet einen Augenblick die grauen Augen so streng auf ihn, dass Marc sich lieber wieder der Arbeit zuwendet.

„Ich wollte wissen, warum die Eltern die Kinder nicht regelmäßig zur Schule schicken", fragt er kleinlaut und stellt den Gedichtband langsam ins Regal zurück.

„Sie schicken die Kinder zur Schule, haben aber anscheinend längere Zeit einen grundsätzlichen Widerstand gegen die deutsche Schule gezeigt. Schulverweigerer, wenn du verstehst, wovon ich spreche."

„Woher weißt du eigentlich schon so viel über das Mädchen?"

„Wenn du dich freundlicherweise erinnerst: Ich habe mit der Lehrerin telefoniert."

„Aus Paderborn soll das Mädchen sein? Gesamtschule Kaukenberg? Sind das vielleicht russlanddeutsche Aussiedler?", fragt Marc plötzlich lebhaft.

Schweiger steht auf und stellt seine beiden Gedichtbücher wieder akkurat nebeneinander. „Ach, kennst du dich da aus, Kollege? Das ist ja interessant. Ja, wenn es das Mädchen ist, von dem mir die Lehrerin erzählt hat, dann gehört es zu einer Baptistenfamilie, aus Kasachstan umgesiedelt. Schon einige Zeit her. Kennst du denn die Baptisten?"

„Ja", sagt Marc knapp, „war ich früher übrigens auch, aber ich war in einer deutschen Baptistengemeinde, die sind viel weniger traditionell als die russlanddeutschen."

Für einen Augenblick hat Marc Ernsts volle Aufmerksamkeit. „Also ein Baptist. Ein Baptist aus Kiel", sagt er dann.

„Nein, jetzt natürlich nicht mehr", Marc wendet sich ab, „das hat sich erledigt." Er geht schnell zu seinem Schreibtisch an der Längsseite des Büros. Jetzt hat der ihn. Das hätte er dem wirklich nicht unbedingt auf die Nase binden müssen. Als er sich auf seinem Schreibtischstuhl niedergelassen hat, fragt er betont sachlich: „Haben die Eltern das Kind schon identifiziert?"

„Nein, wir warten darauf, dass sie eintreffen."

„Was sind das für Leute?"

Schweiger fängt an, in seinen Unterlagen zu blättern. „Die Paderborner Kollegin hat übrigens einwandfrei recherchiert. Kennen wir die eigentlich? Annedore Fitz. Sie hat umgehend nach dem Mädchen geforscht, nachdem die Lehrerin angerufen hatte. Annedore Fitz. Der Name hört sich allerdings nicht so an, als ob sie noch unter vierzig wäre."

Marc verdreht die Augen.

„Hier", sagt sein Chef: „Der Vater von Haus aus Elektriker, in Deutschland Beschäftigung als Bauarbeiter, 48 Jahre alt. Mutter Hausfrau, 43 Jahre, vier Kinder, baptistischen Glaubens, ebenso wie die ganze Familie." Er mustert Marc über seine halbe Lesebrille. „Moment mal eben, wenn du dich mit Baptisten auskennst, wie ist das eigentlich: Sind die genauso verrückt wie die Islamisten, also, ich meine, die extremen Muslime?"

„Was meinst du?" Schweiger ist heute anscheinend mal wieder entschlossen, ihm den Tag zu versauen. Jetzt wirft der schon wieder alles in einen Topf. Vielleicht sollte er doch besser bei seinen Gedichten bleiben, als über Sachen nachzudenken, von denen er nichts versteht, dieser verhinderte Lyriker aus Bad Salzuflen.

„Was ich meine, ist folgendes", erläutert Schweiger unbeirrt, „geht es bei denen auch dauernd darum, die Ehre der Mädchen zu retten? Wie bei den Türken? Genau gesagt, bei den sunnitischen Kurden? Passen da nicht ständig die Brüder und Väter auf die Mädchen auf?“

Marc antwortet nicht.

„Die dürfen doch kaum aus dem Haus“, fährt Schweiger fort. „Und Gewalt ist da auch nicht gerade selten in den Familien. He, hörst du mir überhaupt zu?“

Marc schaut interessiert Richtung Fenster, eigentlich hatte er gehofft, sich nicht an dieser Diskussion beteiligen zu müssen. Manchmal wartet er einfach ab, bis Schweiger fertig ist mit seinen Monologen.

„Wir hatten doch erst kürzlich einen Fall ... Ich meine, das war in Berlin“, Schweiger steht auf und zieht einen Aktenordner aus dem Regal.

Ist ja gut, denkt Marc. „Ach, du meinst diese Sache in Berlin“, sagt er schnell.

„Ermordet. Von der eigenen Familie. Hier habe ich es.“ Schweiger blättert eine Seite weiter.

„Hier. Das Gerichtsurteil. Als ihre Brüder schließlich vor Gericht standen, haben alle einmütig behauptet, es sei der jüngste Bruder gewesen. Der noch unter das Jugendstrafrecht fiel. Und die junge Frau, ich glaube, sie hieß Ayaan, hatte kurz vorher noch zu ihm gesagt, das werde ich so schnell nicht vergessen, sie sagte: *Ich schlafe, mit wem ich will.* Sie war aus der Türkei wiedergekommen. Hat sich da von dem Ehemann getrennt, den sie ihr aufgedrückt hatten, und war mit dem kleinen Sohn nach Berlin zurückgekommen, um hier ein unabhängiges Leben zu führen. Ich glaube, die war kaum zwanzig Jahre alt. Also sehr früh verheiratet worden. Und dann umgebracht, weil sie ein eigenes Leben führen wollte. Das muss man sich mal überlegen! Das ist wirklich Irrsinn.“ Schweiger tippt sich an die Stirn, klappt den Ordner zu und stellt ihn geräuschvoll wieder in das Regal. „Ehrenmorde ... Kleine Mädchen, die eigenen Töchter und Schwestern erschießen oder verbrennen.“ Er geht kopfschüttelnd zu seinem Schreibtisch zurück. „Nicht aufregen“, ermahnt er sich halblaut, als er sich wieder hingesetzt hat, „das ist nicht gut für den Blutdruck.“

Marc folgt seinem sehnsüchtigen Blick auf den dicken Conrady, dessen blauer Einband einladend leuchtet.

„Ännchen von Tharau hat wieder ihr Herz/ Auf mich gerichtet in Lieb' und im Schmerz./Ännchen von Tharau, mein Reichtum, mein Gut,/ Du meine Seele, mein Fleisch und mein Blut!" singt Schweiger leise vor sich hin.

„Wie bitte?", fragt Marc.

„Unbekannter Verfasser. Übersetzung allerdings von Herder. Das Lied hat siebzehn Strophen. Willst du vielleicht mehr hören?"

„Nein", sagt der junge Kollege. Erspar mir das, denkt er, wenigstens das. „Was du da erzählst, das sind doch Extremfälle. Mord und Totschlag. Ehrenmorde. So was kommt mal vor, aber doch eher selten. Vielleicht bei diesen Extremen, also zum Beispiel bei den Typen, die diesem Metin Kaplan anhängen. Ist übrigens längst ausgewiesen worden, dieser selbsternannte Kalif von Köln. Aber das wird dann als typisch für die Muslime angesehen. Das ist doch Quatsch."

„Das ist jetzt aber nicht dein Ernst, Marc", protestiert Schweiger. „Hast du schon mal was Positives über die gehört? Gibt es da auch normale Leute dabei? Guck dir doch mal die Bilder im Fernsehen an. Schon allein, was die mit ihren Frauen machen. Und mit denen, die den Frauen helfen. Okay, wenn sie das bei sich zu Hause machen, da kann man wenig erreichen, aber die schrecken ja selbst dann nicht davor zurück, wenn sie in westlichen Ländern leben. Oder dann gerade nicht. Neulich erst der Mord an dem ... Dings, dem van Gogh in Holland, dem Filmemacher. Und dann musste sich doch die junge Frau verstecken, diese Hirsi, Hirsi Ali. Hat die Vorlage für den Film geschrieben. Brutal das alles. Außerdem, was hat das mit Religion zu tun, wenn man Menschen, besonders die eigenen Frauen und Kinder, unterdrücken und sogar beseitigen muss, weil sie ein eigenes Leben verlangen? Weil sie ein bisschen kuscheln wollen wie andere in ihrem Alter auch, einen Beruf erlernen und nicht mit vierzehn an einen alten Knacker verkauft werden wollen, wo sie als Sklavin der Lust und der Hausarbeit dienen müssen?"

Sklavin der Lust und der Hausarbeit! Wo hat der das denn her? Bestimmt aus einem seiner bekloppten Gedichtbücher, denkt

Marc. In einem Punkt hat der Alte ja Recht: Im westlichen Ausland ist es schlimmer mit diesen Leuten. Die befinden sich hier in der Minderheit und müssen anscheinend zwangsläufig extrem werden. Alles im Namen des Korans. Marc steht auf und geht zu Schweigers Schreibtisch, um die Bilder von dem toten Mädchen zurückzulegen.

Schweiger hält ihn für einen Augenblick am Arm fest. „Und was ist jetzt: Sind die Baptisten auch so verquer?"

„Nein, natürlich nicht", Marc macht sich ärgerlich los und bewegt sich zurück in seine Schreibtischecke, die Fotos noch in der Hand. „Ich kann mich nicht daran erinnern, je gehört zu haben, dass jemand aus einer Baptistenfamilie seine Tochter oder Schwester umgebracht hätte. Denen geht es doch auch nicht um irgendeine abstrakte Vorstellung von Ehre oder so. Natürlich passen die auf die Mädchen auf, dass sie unberührt in die Ehe gehen. Das war früher doch überall ganz selbstverständlich. Nicht nur bei den Baptisten. Wundert mich, dass du das in deinem Alter nicht mehr weißt." Er setzt sich breitbeinig auf den Schreibtischstuhl und wendet sich wieder den Bildern zu.

Eigentlich wundert es ihn gar nicht, dass Schweiger nicht in Kategorien wie Unschuld und Reinheit denkt, der hat sich noch nie besonders darum gekümmert, dass Sex etwas mit Verheiratetsein zu tun haben könnte. Der hat doch immer alles angegraben, was sich ihm geboten hat, bis heute ist das so. Während er, Marc, der über zwanzig Jahre jünger und um einiges attraktiver ist, nicht im Entferntesten daran denkt, sich wahllos an Frauen heranzumachen. Klar, so ein kleines Frauchen und ein paar Kinder zu Hause wären nicht zu verachten. Aber dieses triebhafte Herummachen, besonders von den alten Hengsten, ist ihm echt zuwider. „Und übrigens: Bei Baptisten und anderen strengeren Glaubensgemeinschaften geht es nicht in erster Linie um verletzte Ehre, wie bei den Moslems. Da geht es darum, dass Sex außerhalb der Ehe als Sünde betrachtet wird. Weil Jesus das auch so gemeint hat. Gemeint haben soll."

„Aha", sagt Schweiger, sieht dabei aber nicht so aus, als ob ihm das irgendwie einleuchte. „Das heißt doch aber eigentlich, dass das Mädchen nicht freiwillig mit jemandem ins Bett gegangen ist, oder?“

Marc zuckt die Achseln. „Meinst du im Ernst, die Jugendlichen halten sich an das, was sich die Eltern vorstellen? Die haben auch ihre eigenen Ideen vom Leben. Die verlieben sich, das kann keiner verhindern, auch wenn er noch so auf sein Kind aufpasst. Allerdings glaub ich, ist es eher selten, dass die so früh mit richtigem Sex anfangen. Da muss noch was anderes dahinterstecken.“ Marc denkt an Kerstin. Und an Melanie. Natürlich hat er nicht mit Kerstin geschlafen, aber nahe dran waren sie doch oft genug gewesen, wenn sie auch fest daran glaubten, dass Sex in die Ehe gehörte. Echt romantische Vorstellungen waren das, die sie miteinander teilten. Das hatte aber auch was. Zumindest hatte er in der Zeit mehr Bock als heute, jeden Tag aus dem Bett aufzustehen.

„Irgendeinen Grund muss sie doch gehabt haben, wegzulaufen, oder? Wahrscheinlich steckt ein Junge dahinter oder so etwas.“ Ernst Schweiger sieht ihn an und nickt. „Das Mädchen ist also, deiner Ansicht nach, von zu Hause weggelaufen?“

„Was sonst?“, fragt Marc. „Vorausgesetzt, wir gehen davon aus, dass sie selbst in den Wald bei Vlotho marschiert ist.“

„Das können wir wohl“, sagt Schweiger nachdenklich. „Aber wohin wollte sie? Hier kannst du übrigens nachlesen, was sich über den Fundort ergeben hat.“ Er reicht Marc den Ordner hinüber. „Keine neuen Erkenntnisse übrigens. Die Zugfahrkarte von der Kleinen haben wir ja schon gesehen – einmal einfach von Paderborn über Hameln nach Vlotho. Wann sie den Zug genommen hat, ist dem natürlich nicht zu entnehmen. Am Tatort selbst ... ein paar zertretene Pilze, zertretene und abgeschnittene Pilze, von der Kollegin, die da im Wald lebt. Dann natürlich Spuren von dem Sturz des Mädchens. Im Wald sind ein paar Fußabdrücke, die sind aber kaum zuzuordnen. Es ist ja schon eine ganze Weile knochentrocken überall. Auszuschließen ist, dass ein Auto in den Wald hineingefahren ist, es sei denn, es hat schon auf dem Weg zu der Hütte angehalten. Direkt an dem Wochenendhaus gibt es jedenfalls keine frischen Reifenspuren.“

„Dann ist sie also dorthin gewandert.“

„Und irgendjemand hat auf sie gewartet oder sie verfolgt und erschlagen, als sie sich im Wald ausgeruht hat", sagt Schweiger.

Marc sieht ihn an. „Jemand aus der Familie?"

„Möglich. Wie wär's mit dem Freund, beziehungsweise dem Mann, der mit ihr geschlafen hat? Oder ein Fremder. Ein streng gehaltenes Baptistenmädchen, das von zu Hause durchbrennt und zu Fuß in den Wald geht, wo es erschlagen wird. Andererseits: Es gab keinen Kampf, da im Wald. Einen Schlag hat das Mädchen abgekriegt. Vielleicht einfach ein Versehen? Irgendetwas an der Geschichte gefällt mir ganz und gar nicht. Zuviel Zufall im Wald von Vlotho. Ach, bevor ich es vergesse. Die Eltern kommen ja nachher zur Identifizierung des Mädchens. Bitte übernimm das. Ich habe heute einen wichtigen Termin."

Nanu, denkt Marc, so eine schwierige Aufgabe wird dem Assi übertragen? Will der sich die Eltern gar nicht selbst ansehen? Umso besser. Ihn interessieren die Eltern dieses kleinen Engelchens sehr. Die Leute, die nach seinem Geschmack ein bisschen wenig darauf aufgepasst haben. Oder ein bisschen viel.

„Soll ich die Eltern auch gleich vernehmen?"

Schweiger schaut hoch. „Selbstverständlich."

Am Nachmittag steigt Schweiger in Paderborn auf dem großen Schulparkplatz etwas mühsam aus seinem Auto. Die Autobahnfahrt durch den Regen hat zwar nur eine Stunde gedauert, war aber trotzdem anstrengend. Karin Ludwig, die ihn in der Gesamtschule erwartet, ist Deutschlehrerin und sie schreibt Gedichte. Vielleicht hat ihn auch das dazu bewogen, einen Gesprächstermin mit ihr zu vereinbaren und hierher zu fahren. Die Paderborner Kollegen hatte er nicht so gerne mit dieser Aufgabe behelligen wollen. Eine Frau namens Annedore scheint ihm zudem nicht die richtige zu sein, um mit der Lehrerin und Dichterin einen angemessenen Gedankenaustausch zu pflegen.

Aus dem modernen Rundbau der Gesamtschule tritt eine hübsche blonde Frau mit Pagenschnitt, die ihm sicheren Schrittes entgegenläuft und die Hand hinhält. Schweiger deutet eine leichte Verbeugung an und überreicht der jungen Frau dann einen kleinen Band mit Anekdoten und Gedichten aus dem Lipperland, ein „Lippisches Lesebuch". Seine Mutter, die im Lippischen Heimatbund engagiert ist, hat immer einen beträchtlichen Vorrat von diesen Büchlein zu Hause.

Die junge Frau lacht verlegen und steckt das kleine Buch schnell in ihre Jackentasche, dann wird sie ernst: „Sie wollen über Lydia sprechen?", sagt sie. „Da sind Sie bei mir ganz richtig. Lydia hat nicht viel geredet, aber mir ist es immerhin gelungen, manchmal etwas aus ihr herauszulocken."

Als Schweiger wieder in sein Auto steigt, hat er zumindest eine Vorstellung, woher das Sperma in dem jungen Mädchen stammen könnte. „Na warte, Tobias", sagt er gedankenverloren vor sich hin und fängt gut gelaunt an zu summen: *„Emmas Herz schlug ungestüm, bei dem ersten Brief von ihm."* Es war eine sehr gute Idee gewesen, hierher zu fahren. In jeder Hinsicht.

In seiner Jackentasche hat er eine ISBN-Nummer. Moderne, bestimmt nicht ganz einfache Gedichte. Ob er damit wohl auch etwas anfangen könne, hat ihn die junge Frau gefragt, als er ihr seine Leidenschaft für Gedichte anvertraut hat. Aber von dieser jungen Frau würde er wohl im Augenblick alles lesen, auch einen Band verrückter Satiren, denkt Schweiger und klappt den Spiegel über dem Armaturenbrett herunter. Seine Haare sind grau, aber noch ziemlich dicht. Die Gesichtszüge klar und sein Gesichtsausdruck klug und aufrichtig. Da fallen doch ein paar Falten und die am Kinn leicht hängende Haut nicht ins Gewicht, oder? Er klappt den Spiegel wieder hoch und lässt den Motor an.

10

Er betrachtet seine Hände, betastet eine Hand mit der anderen. Was haben diese Hände getan? Was hat er getan? Dann geht er auf die Knie. Aber er kann nicht sprechen. Zu wem soll er sprechen, welche Worte kommen zu ihm? Er steht wieder auf und geht zum Fenster. Ein Bekenntnis soll sein. Er legt sich in sein Bett und dreht den Kopf zur Wand. Seine Hand liegt jetzt zwischen seinen Oberschenkeln und berührt sündiges Fleisch.

11

Vorsichtig nähert sich Marc der Frau mittleren Alters, die mitten im Obduktionsraum steht und mit gefalteten Händen auf das tote Mädchen starrt. „Ihre Tochter Lydia?“, fragt er, und die Frau sieht ihn nur stumm an und senkt dann den Kopf. Er führt sie in sein Büro in eine kleine Sitzecke und drückt ihr ein Glas Wasser in die Hand. Die Frau mit den auffallend hellblauen Augen und der blassen Haut hält ihr Haar bis auf ein paar Strähnen über der Stirn unter einem Kopftuch verborgen und ist ungeschminkt. Der Kommissar setzt sich hinter seinen Schreibtisch. Früher hat er häufiger mit den russlanddeutschen Baptisten zu tun gehabt. Einmal im Jahr wurde der Versuch gemacht, die beiden Baptistengemeinden in Kiel in Kontakt zu bringen, indem man gemeinsame Bibelstunden abhielt. Das funktionierte nicht gut. Die Auslegungen der Texte waren meistens viel zu unterschiedlich, und die Brüder gerieten stets in einen heiligen Krieg über bestimmte Textstellen.

In der Regel wurden die Russlanddeutschen auch zum alljährlichen Gemeindefest in den Gemeindehof eingeladen. Marc waren damals vor allem die jungen Mädchen aufgefallen. Das muss zu der Zeit gewesen sein, als er sowieso alle Mädchen angestarrt und beobachtet hatte, die er zu Gesicht bekam. So, als könnte er hinter ihr Geheimnis kommen, wenn er so viel wie möglich von ihnen sah. Diese Baptistenmädchen, wie er sie für sich nannte, schienen ihm etwas Besonderes zu sein, mit ihren hellen Gesichtern, ungeschminkt, den farblosen Haaren, sie trugen keinen Schmuck, stattdessen Kleidung, die immer sofort zeigte, dass sie hier nicht hingehörten. Und doch waren sie ständig gut drauf, so jedenfalls schien es ihm. Er sah sie oft Arm in Arm herumspazieren und die Köpfe zusammenstecken. Sie machten so gar nicht auf cool, wie er es von anderen gewöhnt war. Aber sie waren ihm auch ein wenig unheimlich. Unheimlich fromm. Oder unheimlich angepasst.

Ihre Zeitgestaltung gab die Gemeinde vor: Am Sonntagmorgen stundenlang Gottesdienst, nachmittags die nächste Versammlung, mittwochs die Bibelstunde, dazwischen vielleicht noch Chor oder Treffen im Hauskreis. Alles war geregelt, sie hatten keine schwierigen Entscheidungen zu treffen, die ihn so quälten. Er wollte nicht so leben wie seine Eltern. Er wollte auch nicht so werden wie sie. Er war anders. Er wollte anders sein. Und was ist jetzt mit ihm selbst? Was ist aus ihm geworden, nachdem er alle baptistischen Verbindungen gekappt hat? Geht es ihm heute besser? Hat er seine Richtung gefunden? Marc zuckt resigniert mit den Achseln. Keine Zeit für solche Überlegungen, wirklich nicht.

Er zwingt sich, wieder an seine Arbeit zu denken, an Lydia. Wie dieses junge Mädchen auf dem Waldboden lag. Sie war doch erst am Anfang. Und da sitzt nun ihre Mutter, deren Haltung - auf dem Stuhl zusammengesunken und erstarrt - sich in der letzten Viertelstunde nicht verändert hat. Aber ihr Blick sieht plötzlich anders aus. Zum ersten Mal an diesem Nachmittag scheinen ihre Augen die Umgebung wahrzunehmen. Marc sieht die Frau mitleidig an und beschließt, vorsichtig mit diesen Leuten umzugehen. Vielleicht kommt er doch noch mal dahinter, was er verloren hat. „Sind Sie alleine gekommen, Frau Mewes?"

„Ja."

„Wo ist Ihr Mann jetzt?" Sie sieht ihn an und schweigt. Versteht sie ihn überhaupt? Doch, das muss sie eigentlich. Die Familie ist ja schon sehr lange in Deutschland.

„Ist auf Arbeit."

„Wo arbeitet Ihr Mann?"

„Lippstadt, auf der Baustelle." Ja, richtig, der Mann, gelernter Elektriker, hatte hier keine Stelle in seinem Beruf erhalten und arbeitete jetzt aushilfsweise als Bauarbeiter auf Großbaustellen.

„Frau Mewes, erzählen Sie mir etwas über Lydia. Alles, woran Sie sich erinnern. Wann hat sie das Haus verlassen? An welchem Tag haben Sie sie überhaupt zum letzten Mal gesehen?"

Lydias Mutter antwortet nicht. Aus den Tränen, die ihr in die Augen getreten sind, als er Lydias Namen erwähnt hat, ist ein Strom geworden, der ihr lautlos über die Wangen fließt. Schließlich fasst sie sich. „Freitagmorgen. Ich bin früh weggegangen, zu meiner Schwägerin. Alle Kinder zur Schule. Nur Lydia noch nicht. Wollte aber gleich los."

„Sie war also noch da, als Sie das Haus verlassen haben, ist das richtig?"

Frau Mewes nickt.

„Und danach? Haben Sie Lydia dann noch mal gesehen?"

„Nein, nicht mehr." Frau Mewes senkt den Kopf und schaut in ihren Schoß. Immer wieder hebt sie das Taschentuch zu ihrem Gesicht.

Marc wartet eine ganze Weile, bis er vorsichtig die nächste Frage stellt. „Und wo war Ihr Mann am Freitag?"

„Auf Arbeit. Freitags schon um sechs Uhr aus dem Haus. Dann in Lippstadt geblieben, weil Samstag und Sonntag auch gearbeitet."

„Ihr Mann hat also von Freitag bis Sonntag auf der Baustelle in Lippstadt gearbeitet. Ist das richtig? Und wo waren Sie?"

„Freitag war ich bei Familie, Mittag kochen für alle, Freitagabend zu Hause. Samstag auch."

„Was war mit Lydia am Freitagabend? Haben Sie sich nicht gewundert, dass sie nicht nach Hause kam?"

Frau Mewes schüttelt hilflos den Kopf.

Marc beugt sich zu ihr über den Tisch.

„Ihre Tochter ist abends nicht nach Hause gekommen. Sie haben sie nicht als vermisst gemeldet? Und Sie haben sich nicht gefragt, wo sie ist?"

Lydias Mutter hält den Kopf gesenkt. „Haben wir viel Ärger mit deutschen Behörden. Wegen Schule."

„Weil Sie Ihre Kinder nicht von Anfang an zur Schule geschickt haben, richtig?"

Sie nickt zögernd.

„Und deshalb sind Sie nicht zur Wache gegangen. Stimmt das?"

Frau Mewes nickt wieder.

„Hatten Sie denn keine Angst um Lydia?", fragt Marc erschüttert.

Nun schüttelt sie den Kopf. „Ist in sicherer Hut. Lydia ist sicher."

Das muss Gottvertrauen sein, denkt Marc. Oder was ist das? Er schaut sie forschend an, klappt den Laptop auf, stöpselt die Tastatur ein und geht auf *Termine*. „Okay, wann können wir uns mit Ihrem Mann unterhalten?"

Sie zuckt mit den Achseln.

„Der muss hierher kommen, hören Sie? Hierher, zur Befragung, bald."

„Wir haben kein Auto", sagt Frau Mewes nach einer Weile leise.

„Okay, dann kommen Sie nach Paderborn. Zur Polizei nach Paderborn. In die Riemekestraße. Ach, und noch was, Frau Mewes, was wollte Lydia eigentlich in Vlotho? Warum ist sie in diese Gegend gefahren?"

Aber Lydias Mutter hat den Kopf in die Hände gestützt und antwortet nicht.

„Wollte Ihre Tochter hier jemanden besuchen? Verwandte? Freunde? Hat Ihre Tochter Freundinnen? Mit wem verbringt sie ihre Freizeit?"

„Hatun. Aus unserer Straße. Und manchmal mit den Mädchen aus der Gemeinde gespielt. Nadja und Karina."

„Und kannte sie jemanden außerhalb von Paderborn?"

Frau Mewes schüttelt den Kopf.

„Was war in Vlotho?", fragt Marc noch einmal und versucht Blickkontakt zu Frau Mewes zu bekommen.

Frau Mewes schaut weiter in ihren Schoß und schweigt.

Als eine Tür ins Schloss fällt, hebt Marc den Blick vom Bildschirm. Den Bericht zur Befragung von Frau Mewes muss er heute noch fertig bekommen. Obwohl: Schweiger hat sich heute Abend noch nicht wieder blicken lassen. Was der wohl macht? Marc lauscht nach nebenan. Ist das Schweiger, der da gekommen ist und jetzt seinen Computer hochfährt? Unwahrscheinlich. Wäre das erste Mal, dass der so spät noch mal wieder kommt. Wird wohl Andersch sein.

Ihm reicht es für heute. Entschlossen speichert er den Bericht und geht dann ins Internet. „Sie haben Mail erhalten", sagt eine freundliche Stimme. „Erwinsmail" erscheint im Fettdruck. Der „Erwin", die Zeitungsbeilage der Neuen Westfälischen mit den Veranstaltungshinweisen für die Region ist ihm schon öfter in die Hände gefallen. Gleich auf der ersten Seite immer die Kontaktanzeigen. Es ist ja wirklich abartig, wie die Singles sich da entblößen. Was sie mögen, wie sie aussehen und was sie im Kühlschrank haben! Doch vor ein paar Tagen hat er selbst mal seine Daten bei „erwinsdate.de“ eingegeben. Natürlich just for fun. Mal austesten, was passiert. Wie peinlich, das ist ja eine Antwortmail. Von Carolin aus Bad Oeynhausen. Er lädt sie sofort herunter. Carolin ist dreißig, schwimmt gerne, geht gerne aus und hat immer figurfreundliche Lebensmittel im Kühlschrank.

Marc klickt auf „Antworten“.

12

Horst prescht das kleine Mäuerchen zur Brückennische hoch, stürzt sich als erster durch den Bambusvorhang, rennt unruhig in die Ecke, in der sein Korb steht, umkreist ihn und legt sich schließlich hinein, steht wieder auf und schnüffelt auf dem Steinboden herum. Helmut geht langsam auf Maria zu, die friedlich auf der Campingliege liegt. Er setzt sich an das Ende der Liege und betrachtet die Puppe zärtlich. Dann zieht er eines der in Leinen gebundenen Bücher aus der Tasche, das er am Gedenktag herausgesucht hat.

Der 5. November 1980. Ganz am Anfang seiner Referendarzeit. Sein Fachleiter für Religion war zu Besuch ...

„Ich muss dir doch die Geschichte vorlesen, Maria ...", er streicht ihr das Haar aus der Stirn, legt seine Hand auf ihren Bauch und macht einen weiteren Knoten in die Kordel um die Mitte ihres schlanken Leibes. Dann öffnet er das Buch.

„Unsere Heiligen" war das Thema der Unterrichtsreihe in der fünften Klasse. Er liebte dieses Thema und die Kinder liebten seine Geschichten. Die Wochen eingeteilt in: Maximilian Kolbe, Elisabeth von Thüringen und Damian Deveuster. Am liebsten hatte er Elisabeth von Thüringen. Nach der Unterrichtsstunde hat der Fachleiter in sein Gutachten geschrieben: „Herr Benedikt scheut die Mühe nicht, nach anschaulichen Geschichten zu suchen." Dabei war die Geschichte im Religionsbuch gewesen. Deshalb hatte Helmut diese Bemerkung nie richtig verstanden. Aber die Kinder liebten Elisabeth genauso wie er.

„Elisabeth, Elisabeth", Helmut schaut zur Decke und lehnt sich etwas zurück, sodass die Liege leicht ins Schwanken gerät und Maria ein Stück zur Seite rutscht. Erschrocken setzt er sich wieder auf und schlägt das Geschichtenbuch auf.

„Die heilige Elisabeth wurde im Jahre 1207 als Tochter des Königs Andreas und der Königin Gertrud in Ungarn geboren. Als sie vier Jahre alt war, verlobte man sie mit einem deutschen Grafensohne, was im Mittelalter nichts Außergewöhnliches war. So kam sie schon als Kind auf die Wartburg und wuchs hier auf, in der Nähe ihres späteren Ehemanns. Die beiden freundeten sich schon früh miteinander an. Ihre temperamentvolle Art – sie liebte das Reiten über alles -, aber auch viele andere Eigenschaften erregten bei den Hofleuten Anstoß und Missgunst. Elisabeth verhielt sich immer freundlich zu den Dienern und hatte überhaupt ein Herz für alle, besonders für die armen Leute. Ludwig beschützte sie vor den Menschen, die nicht gut zu ihr waren und entschied sich, sie schon sehr früh zu heiraten. Elisabeth war damals erst 14 Jahre alt." Helmut klappt das Buch zu und sieht Maria liebevoll an. „Erst vierzehn! Vierzehn Jahre alt."

„Wer ist erst vierzehn Jahre alt?", fragt in diesem Moment eine Frau, die den Bambusvorhang beiseite geschoben hat und im Eingang der Brückennische erschienen ist.

Helmut zuckt zusammen und sieht vorwurfsvoll zu Horst hinüber. Horst sagt nichts. Er schläft. Hat ihn die Geschichte von Elisabeth etwa ermüdet?

Entweihen, da will mir jemand diesen heiligen Ort entweihen, meinen Ort, Marias Ort, da sei Gott vor, denkt Helmut und richtet sich auf. Er erhebt sich von der Campingliege und schaut nach oben.

„Was wollen Sie hier?", sagt er so laut wie möglich, wie kann diese Frau hier heraufkommen, woher weiß sie, wo der Einstieg in die Nische ist, und wie lange ist sie überhaupt schon hier in der Nähe? Madagaskar, Madagaskar.

Helmut geht ein paar Schritte in Richtung Nischeneingang, aber die Frau kommt nicht weiter, sondern bleibt oberhalb der Treppe stehen.

„Wer war erst vierzehn Jahre alt?", fragt sie wieder und macht jetzt doch Anstalten, die Leiter herunterzuklettern. Horst wacht endlich auf und fängt an, laut zu bellen, er rennt zur Treppe. Die Frau am Eingang fixiert den Hund und geht ein paar Schritte zurück, wobei sie offensichtlich Schwierigkeiten hat, die Balance zu halten.

Benedikt zieht entschlossen die Jacke seines Anzugs glatt, geht gemessenen Schrittes zu Horst und hält ihn fest. Wie gut, dass er korrekt gekleidet ist, schon seit zwanzig Jahren trägt er diesen

Anzug, seit zwanzig Jahren und meistens auch noch mit Krawatte. Dieser Anzug gibt ihm Kraft und Autorität, ja, Würde gibt er ihm, und das war immer schon so.

„Warten Sie, warten Sie doch“, sagt er. „Ich komme zu Ihnen hinaus, dann können wir reden.“

Die Frau schaut noch einmal in die Brückennische hinein. Verweilt ihr Blick nicht länger als nötig an der Längsseite der Nische? Schließlich wendet sie sich zu dem kleinen Mäuerchen. Benedikt hört ihre Beine die steile Mauer hinuntereilen, und er bemüht sich, nicht so genau hinzuhören, als sie mit einem Plumps auf ihrem Hintern landet, schnell wieder aufsteht und ein paar Schritte weiterläuft. Horst, der ebenfalls für einen Augenblick die Ohren aufgestellt hat, fängt wieder an zu bellen. Er bellt und bellt. Die Wände der Brücke hallen wider von seinem Lärm. Benedikt öffnet die Jacke seines Anzugs und steigt langsam die Leiter hinauf. Würdevoll durchschreitet er die Büsche und geht den kleinen Pfad hinunter auf die Frau zu, die, ihr Fahrrad wie einen Schutzschild vor sich, bewegungslos dasteht und ihm entgegensieht.

„Mein Name ist Helmut Ansgar Benedikt“, sagt er, als er sie erreicht hat, und reicht ihr die Hand.

„Anne Schall, Kriminalkommissarin.“Sie streckt die Hand über den Sattel des Fahrrades, und er setzt einen überraschten Blick auf.

„Habe ich etwas verbrochen?“, fragt er dann lächelnd. „Liegt etwas gegen mich vor?“

„Ja“, Anne zögert einen Augenblick. „Nein, natürlich nicht, ich wollte nur ...“

Helmut sieht sie fragend an. „Möchten Sie mit mir sprechen?“, sagt er nach einer kleinen Pause. „Dann kommen Sie doch in mein Büro, äh, in meine Wohnung, in Uffeln, einen Augenblick, ich schreibe Ihnen die Adresse auf.“ Er fasst in die Brusttasche seines Anzugs, zieht einen Kugelschreiber hervor und klickt die Mine heraus.

Anne schaut ihm aufmerksam zu. Sie streckt sich etwas und klopft das Gras von der Rückseite ihrer Hose. „Herr Benedikt, Sie wohnen also in Uffeln. Haben Sie da gestern ein junges Mädchen gesehen, das Ihnen vorher noch nicht begegnet ist?“

Helmut schaut sie erstaunt an. „Ein junges Mädchen? Hier sieht man fast nie jemand Unbekanntes, nur natürlich vielleicht beim Einkaufen“, verbessert er sich dann und schreibt etwas auf einen kleinen Notizzettel, den Anne aus ihrer Hosentasche gekramt hat. „Manchmal im WEZ, ja, da schon, im WEZ, da kommen schon mal welche zum Einkaufen, die man noch nicht gesehen hat. Aber lassen Sie uns doch reden, miteinander reden. Ich muss jetzt zu Horst, Horsti, Horsti, ich komme schon.“ Das Bellen des Hundes ist selbst noch zu hören, als jetzt die Eurobahn mit Getöse über ihren Köpfen die Brücke überquert.

„Ich werde noch einmal kommen“, antwortet Anne und stopft den Zettel in ihre Hosentasche,“aber nicht nach Uffeln, in Ihre Wohnung. Hier möchte ich Sie aufsuchen. Sie sind doch oft hier, oder? Wie wäre es mit morgen?“

Helmut sieht ihr nach, wie sie auf ihr Fahrrad steigt und durch die Distelwiese Richtung Campingplatz davonfährt. Was will sie, will sie von ihm? Was weiß sie über ihn? Weiß sie am Ende mehr, als ihm lieb ist?

„Maria, Maria“, sagt er, als er sich wieder am Fußende der Liege niedergelassen hat. „Wo waren wir noch stehen geblieben? Ach ja, sie war erst vierzehn Jahre alt.“

13

„Wissen Sie, was ein Heiliger ist?“, Helmut hat Anne Schall aus der Ecke hinter dem Hundekorb einen Campingstuhl hervorgezogen, ihn aufgeklappt und direkt gegenüber der Liege platziert, auf der er Platz genommen hat, links und rechts von sich hat er bunte Wolldecken ausgebreitet. Heute keine Spur von der Schaufensterpuppe, hatte Anne als Erstes gedacht, nachdem sie sich die Leiter heruntergehangelt hatte. Sie trinken schwarzen Tee aus einer Thermoskanne und zwei Keramikbechern.

Bevor Anne zum verbotenen Feldweg aufgebrochen ist, hat sie Johannes Uhle, genannt Hansi, ihren Bielefelder Assistenten, angerufen und ihm andeutungsweise erzählt, was sie hier tut. Er hatte geschimpft, dass sie sich nicht einmal im Urlaub zurückhalten und die Verbrecher in Ruhe lassen könne, und dann doch versprochen, einen Kontrollanruf auf ihr Handy zu starten, wenn sie sich nicht in ein paar Stunden wieder melden würde. „Aber Anne, findest du nicht, dass du die Sache der Soko überlassen musst?“, hatte er gemahnt. Und sie hatte geseufzt. Er hatte ja Recht. Sie wollte auch wirklich aufhören, nach dem Täter zu suchen, aber dieses Kind in ihrem Wald! Und außerdem: Sie schlief nicht mehr gut! Eine seltsame Unruhe hatte von ihr Besitz ergriffen. Den Wald, den sie kannte, gab es nicht mehr. In alles, was er für sie bedeutete, hatte sich ein hässlicher Unterton beigemischt. Am Ende würde sie in ein Hotel ziehen müssen, um wieder Ruhe zu bekommen. So weit kommt das noch! Mindestens diesem Benedikt musste sie auf den Zahn fühlen.

Benedikt, heute wieder mit dem grauen Anzug bekleidet, hatte sie am Vormittag gleich unterhalb der Brücke in Empfang genommen. Offenbar war er gerade auf einem Spaziergang mit seinem Hund. Oder sollte er auf sie gewartet haben? Dann hatte er sie bis zur Landstraße zurückgeführt und war mit ihr am Bahndamm entlang den Trampelpfad bis zum Eingang des Versteckes gegangen. Unterwegs nahm er freundlich ihren Unterarm, wenn sie an Stellen kamen, an denen der Boden uneben, mit Pflanzen überwuchert oder von Baumwurzeln durchzogen war. Der Hund mit dem Spitznamen Horsti lief still und aufmerksam neben oder vor ihnen her. Kurz vor der Brücke rannte er auf ein Zeichen seines Herrn in Richtung Weser davon. Anne schaute ihm nachdenklich hinterher. Ihre nächtliche Unruhe erschien ihr in Gegenwart von Benedikt schon fast lächerlich.

„Wissen Sie, was ein Heiliger ist?", fragt Benedikt jetzt wieder, als sie nicht gleich antwortet.

„Nein, das weiß ich nicht, jedenfalls nicht genau", antwortet Anne Schall vorsichtig. Der Nepomuk fällt ihr ein, ein Heiliger, der an vielen Brücken zu finden ist: vor allem aber in Prag, an der Karlsbrücke. Irgendwo hat Anne auch die Legende des Nepomuk gehört. Die Frau des Königs, - hatte sie nicht Ehebruch begangen? - hatte bei ihm gebeichtet, und er war nicht bereit gewesen, das Beichtgeheimnis zu brechen und sie an den Gatten zu verraten. Deshalb war er von der Karlsbrücke in Prag geworfen worden. Seitdem war der Nepomuk ein Brückenheiliger. Oder der Brückenheilige überhaupt? Wieso sonst sieht man ihn an so vielen Brücken?

„Ein Heiliger ist ein Mensch, der bereit ist, sein Leben zu lassen, um andere zu schützen, ja", sagt Helmut jetzt würdevoll, steht auf und beginnt, in der Brückennische langsam auf und ab zu gehen.

Die Art, wie er auf und ab läuft, die Hände vor dem Bauch verschränkt, das Kinn Richtung Brust, kommt Anne Schall bekannt vor. Kin Hin, das gibt's doch nicht, fährt es ihr durch den Kopf - eine buddhistische Geh-Meditation führt der mir vor. Was soll das? Macht der so was öfter oder soll das hier eine Vorstellung sein? Sie nutzt die Gelegenheit und schaut von Wand zu Wand. Wo ist eigentlich die Puppe geblieben? Was ist in der Pappkartonwand? Was ist hier eigentlich los? So kommt sie ja offenbar überhaupt nicht weiter.

„Also", sagt Anne und stellt ihren Keramikbecher auf den Steinboden. „Herr Benedikt, wir suchen den Mörder eines Mädchens, das wir hier in der Nähe gefunden haben. Haben Sie ein junges Mädchen gesehen, das hier im Wald herumgelaufen ist?"

Benedikt bleibt kurz stehen, schüttelt den Kopf und geht im gleichen Tempo weiter.

„Wo waren Sie am Samstagnachmittag?“

„Hier“, antwortet der Mann, diesmal ohne anzuhalten. „Erst hier, dann in Uffeln, in meiner Wohnung. Wie immer am Samstag, ja.“

„Gibt es dafür Zeugen?“ Benedikt schüttelt den Kopf und deutet schweigend auf Horst.

„Als ich gestern kam, da haben Sie doch von einem vierzehnjährigen Mädchen gesprochen, oder?“

„Von der heiligen Elisabeth, die Geschichte von der heiligen, heiligen Elisabeth“, sagt Helmut im Takt seines nächsten langsamen Schrittes, bleibt abrupt vor seinem Pappkartonregal stehen und zieht in der Mitte eine Schublade heraus. „Ich lese, lese sie Maria vor.“

„Wer ist Maria?“

„Maria?“ Helmut sieht sich nervös um. „Was rede ich da. Ach, hier ist ja das Geschichtenbuch.“ Dann blickt er zu Anne. „Ist sie tot?“

„Wer?“, fragt Anne.

Helmut schaut intensiv in sein aufgeschlagenes Buch hinein. „Schon mit vierzehn Jahren hat Elisabeth geheiratet und ihren Gatten früh wieder verloren. Dann hat sie ihr Leben den Armen und Kranken gewidmet. In ihrem Hospital diente sie bis zu ihrem frühen Lebensende den kranken Menschen. Sie starb in jungen Jahren. Schon im Alter von vierundzwanzig Jahren. Bald nach ihrem Tode wurde sie heilig gesprochen.“

„Herr Benedikt“, sagt Anne. „Sie wissen, dass das Mädchen tot ist. Wir haben sie dort oben in dem Waldstück im Buhn gefunden. Nur wenige hundert Meter von hier.“ Sie schaut den Mann im grauen Anzug scharf an, der mit hängenden Armen, das Buch noch in der Hand, vor seinem improvisierten Schrank steht. „Was haben Sie damit zu tun?“, fährt sie fort.

Aber Helmut Ansgar Benedikt antwortet nicht. Er dreht sich um und starrt an die Wand über dem Pappkartonturm. Im Augenblick sieht er nur die jungen weißen Mädchen aus den Bildern von Delvaux. Junge, nackte, weißhäutige Mädchen, die schemenhaft durch dunkle Bilder gleiten. Seitdem er die kennt, wird er viel leichter traurig als zuvor. Alles macht ihn traurig, Mädchen, Zerstörung, Tod. Das Leben.

Anne betrachtet den Mann, der weiter völlig unbeweglich dasteht und an die weiße Wand starrt. „Herr Benedikt? Herr Benedikt?"

Der Mann rührt sich nicht.

Vorsichtig erhebt sie sich von ihrem Campingstuhl, geht zu ihm hinüber und fasst ihn sanft am Arm. „Herr Benedikt, haben Sie mir nicht noch etwas zu sagen? Hallo? Herr Benedikt?" Der Mann scheint sie gar nicht mehr zu hören. Da bleibt ihr wohl nichts anderes übrig, als für heute aufzuhören. „Ich gehe dann jetzt mal wieder, okay? Kann ich noch was für Sie tun?"

„Auf Wiedersehen", sagt er wie aus weiter Ferne.

Anne geht zur Öffnung der Brückennische und klettert langsam die Leiter hinauf. Als sie oben angekommen ist, klammert sie sich mit beiden Händen fest an die Seitenwände des Nischeneingangs und wirft einen Blick auf den Mann. Der hat sich auf die Campingliege gelegt und die Augen geschlossen. Er murmelt vor sich hin. Was sagt er? „Entweiht", versteht sie. „Entweiht!" Benedikt ist lauter geworden. Der Klang seiner Stimme hallt von den Steinwänden wider. Er seufzt.

Was jetzt?

Anne lässt sich vor dem Eingang der Brückennische leise auf dem Boden nieder. Merkt er nicht, dass sie ihn beobachtet? Wenn sie jetzt versucht, sich aufzurichten, wird er hören, dass sie noch da ist. Aber der Mann schaut nicht mehr nach oben. Wenig später steht er auf und fängt an, seine Sachen sorgfältig zu falten und in einen Koffer zu legen, der neben dem Hundekorb gestanden hat. Vorsichtig zieht er die Puppe hinter der Pappkartonwand hervor und setzt sie aufrecht auf die Liege. Von dort kann sie alles gut mitverfolgen, denkt Anne. Was hat der vor? Will der sich verdrücken? Als Benedikt fertig ist, pfeift er laut nach Horst. Anne beeilt sich, den Trampelpfad hinunterzukommen, ohne wieder auf dem Hintern zu landen und ohne Horst zu begegnen, der den Vormittag an der Weser verbracht hat.

14

Könnte ich doch den Ort noch einmal sehen. Auf dem Waldboden liegen und gehen, wohin sie jetzt ist. Durch mich, durch mich. Durch meine Hand, die ihr das Blut hat auf die Wangen getrieben. Ich möchte gehen und reden. Dann soll mir werden der Boden unter den Füßen blutrot.

15

Krass. Jetzt sitzt er schon seit mindestens einer Stunde hier in diesem Büro, ihm gegenüber die Bullen, der Weißhaarige und dieser Ledertyp. Und die haben ihn schon so weit, dass er sich nur mit Mühe erinnern kann, wer er ist :Tobias, fast sechzehn Jahre alt, der stärkste Junge in seiner Klasse. Von der herausfordernden Miene, die er gerne aufsetzt, um den anderen zu zeigen, mit wem sie es zu tun haben, ist ihm nichts geblieben, er fühlt sich verwirrt und kriegt allmählich nichts mehr auf die Reihe, alles verwischt sich in seinem Kopf. Er hat Kopfschmerzen.

„Los, raus mit der Sprache: Du hast mit ihr geschlafen, stimmt's? Und dann ist sie weggelaufen. Oder seid ihr zusammen weggelaufen? Was hast du in Vlotho gemacht? Junge, es wird Zeit, dass du mit uns redest", sagt jetzt der Ältere von den beiden. Der mit seinen weißen Haaren erst so ausgesehen hat wie ein netter Papa, ihn aber ständig anmotzt.

Tobias wollte ja reden, deshalb hatte er ja zur Polizei gehen wollen, gleich nach der Schule. Aber dann hatte ihn die Polizei aus dem Unterricht abgeholt und hierher in die Riemekestraße gebracht. Er hatte ihnen alles erzählen wollen, aber jetzt wusste er nicht, was er denen auf die Nase binden konnte. Er hatte doch nichts damit zu tun haben wollen. Deshalb war er doch zur Bushaltestelle gegangen, um zur Schule zu fahren, statt sich, wie verabredet, mit ihr zu treffen. Verdammt, warum war er umgekehrt? Und der Palle würde auch aussagen, dass er nicht zum Unterricht erschienen ist. Unentschuldigt gefehlt am Freitag. Fragten die nicht immer, was das Opfer an den Tagen vorher gemacht hat? Aber jetzt ging es erst mal um den Samstag. „Da war ich nicht, wieso sollte ich denn dahin fahren? Wo ist das überhaupt?", sagt er jetzt, und sein Blick weicht den Befragern aus und er schaut nach unten.

Die grauen Streifen auf dem blauen Teppich zwischen seinen ausgestreckten Beinen flimmern ihm vor den Augen. Er kann es noch gar nicht glauben: Lydia ist tot. Sein Mädchen. Er hatte immer auf sie aufpassen wollen, immer. Wie der liebe Gott auf seine Kinder aufpasst, auch auf Lydia. Er, Tobias wollte ihr zeigen, was ein echter Mann ist. Nicht so ein Loser wie die in der Gemeinde und der Alte von Lydia. Aber dann war es wieder über ihn gekommen, als er ihren zarten Körper mit den kleinen Brüsten so nahe fühlte, und ihr Geruch, so nah, so gut. Er hatte sie bloß anfassen wollen, wie sonst auch. Bloß so ein bisschen.

Als er von der Bushaltestelle zurück war, war sie ihm direkt in die Arme gelaufen und er hatte sie festgehalten. Sie war mit ins Haus gekommen, obwohl sie eigentlich weglaufen wollte. „Später, später“, hatte er in ihr Ohr gekeucht. Nachdem sein Penis ziemlich schnell und heftig in sie eingedrungen war und sie ein bisschen aufgeschrien hatte, war er total erschrocken gewesen. Tobias errötet, als er jetzt daran denkt, wie er die Nachmittage und Abende danach verbracht hat. Aber wenigstens das kann ihm keiner verbieten: Im Bett liegen und sich alles genau vorstellen. Sein Ding dabei reiben, bis es ihm wieder und wieder kommt. Das mit Lydia darf keiner wissen. Vor allem nicht ihr Alter. Und sie durfte doch auch nicht weglaufen. Sonst hätte ihr Vater sie nie mehr aus dem Haus gelassen, und er wollte sie doch wieder in seinen Armen halten.

„Wo warst du am Freitag?“, fragt der Beamte jetzt, der sich hinter ihn gestellt hat und die Hand fest auf seine Schulter drückt.

Tobias betrachtet den Teppich. Nun fragen die doch nach dem Freitag.

„Und Samstag?“ Die Hand wird immer schwerer. Der Mann wartet. Es ist sehr ruhig im Zimmer. Bis auf das wütende Atmen des Kriminalbeamten.

Tobias sinkt tiefer in seinen Stuhl ein, dann kommt er wieder hoch und stemmt sich gegen die Hand auf seiner Schulter. Luft. Er kriegt keine Luft. „Freitag war ich zu Hause und Samstag auch“, bricht es aus ihm heraus. Seine Stimme hört sich rau an und gar nicht mehr tief.

„Wer kann das bezeugen?“

Er zuckt verstört mit den Achseln.

„Was ist mit deinen Eltern?“

„Mein Vater ist tot.“ Tobias sackt wieder in sich zusammen.

„Und deine Mutter?"

„Die war auf einer Fortbildung. Bis Samstagabend. In Bielefeld. Ich schwör's, ich hab' nichts damit zu tun, dass sie weg ist. Ehrlich nicht. Ich würd' alles tun, dass ..." Seine Stimme überschlägt sich.

Der Beamte lässt los und geht zurück auf die andere Seite des Tisches. „War jemand da außer dir? Kann jemand bestätigen, dass du Freitag und Samstag zu Hause warst?"

Tobias stellt die Beine auf und zerrt an seinem Sweatshirt. Er antwortet nicht. „Du gehst zum DNA-Test, jetzt sofort. Frau Kollegin, sind Sie so freundlich? Der junge Mann kriegt jetzt Blut abgenommen." Schweiger wirft Annedore Fitz, der Paderborner Kollegin, einen Blick zu.

„Nein!", Tobias errötet und sinkt wieder tiefer in seinen Stuhl. „Ich war's: Ich hab' doch mit ihr geschlafen", sagt er dann kläglich.

„Wann war das?", fragt Kommissar Willems. „Und warum hast du sie dann getötet?", fragt Schweiger.

„Nein, das war ich nicht!", ruft Tobias und wird wütend, weil ihm jetzt die Tränen auf die Hände tropfen und er nur mühsam sein Schluchzen unterdrücken kann. Scheiße, das auch noch. Er richtet sich im Stuhl auf: „Und das mit dem Poppen, das darf auch keiner erfahren. Das darf keiner wissen, schon gar nicht ihr Alter!" Den letzten Satz schreit er fast und fängt dann doch laut an zu schluchzen.

Schweiger sieht Willems an. „Wann war das, wann und wo hast du mit ihr geschlafen?"

„Bei mir zu Hause. Sie wollte mich abholen. Am Freitagmorgen. Aber ich musste zur Penne."

„Aber da bist du dann auch nicht gewesen."

„Nein, ich bin nur so rumgelaufen und dann zurück. „ Tobias sinkt wieder tiefer in seinen Stuhl.

„Lydia war also am Freitag bei dir zu Hause. Und in der Nacht war sie auch noch da."

„Ja, aber am Samstag nicht, da war sie weg. Als ich aufgewacht bin, war sie weg."

„Wann ist sie aus eurem Haus gegangen? War das schon in der Nacht? Und davon willst du nichts gemerkt haben?"

„Nee, keine Ahnung, wann sie abgehauen ist."

Schweiger schaut ihn noch einmal durchdringend an. „Du kannst gehen", sagt er dann plötzlich, „aber wir sehen uns demnächst wieder, klar?"

Der junge Beamte nimmt Tobias am Arm, reicht ihm ein Tempotaschentuch und geht dann mit ihm hinaus.

„Was war denn los?", fragt Marc, als er zurückkommt. „Warum hast du ihn laufen lassen? Der hätte uns doch bestimmt noch was gesagt!"

Schweiger schüttelt den Kopf. „Wir können ihn nicht länger hier behalten, das weißt du auch. Und: Was soll das bringen? Glaubst du, der ist mit dem Mädchen weggelaufen? Warum sollte er das tun? Der hat doch bekommen, was er wollte. Außerdem hat der so viel Schiss, dass ihm der schon zu den Augen rauskommt. Das kannst du vergessen."

Er schaut auf seine Uhr. Teamsitzung in einer halben Stunde. Aber er hat etwas anderes vor. Na, wofür hat man einen Assistenten.

„Haben die Paderborner denn nun ermittelt, wie das Mädchen die letzten Tage verbracht hat?", fragt Schweiger missgelaunt, als sie sich drei Stunden später mit Marcs Auto auf der Heimfahrt von Paderborn mühsam durch den dichten Verkehr auf der A 2 schieben.

„Na, besonders weit sind sie nicht gekommen. Wo warst du denn während der Teamsitzung?", fragt Marc frech, beschleunigt den Audi und fährt auf die mittlere Spur, um eine Schlange Lastwagen zu überholen.

„Ich hatte noch was zu erledigen." Schweigers Miene hellt sich wieder etwas auf. *„Nur einen Sommer gönnt, ihr Gewaltigen!/ Und einen Herbst zu reifem Gesange mir,/Dass williger mein Herz, vom süßen/ Spiele gesättigt, dann mir sterbe.* Hölderlin."

„Ach so", sagt Marc mit einem anzüglichen Ton.

Schweiger schaut sinnend aus dem Fenster. *Willkommen dann, o Stille der Schattenwelt!*, denkt er. Nein, das ist schon die dritte Strophe. Wie beginnt noch mal die zweite? „Also, wie hat das Mädchen nun den Freitag und den Samstag verbracht?", wendet er sich wieder an Marc.

„Sie ist am Samstagmorgen von Paderborn nach Vlotho gefahren. Das hat die Überprüfung ergeben. Hat am Fahrkartenautomat eine Fahrkarte nach Vlotho gelöst und ist wahrscheinlich in den Zug um acht Uhr fünfzehn eingestiegen, jedenfalls ist klar, dass sie kurz vorher die Fahrkarte gekauft hat, dabei hat ihr noch der Buchhändler im Bahnhof geholfen, mit dem Automaten zurechtzukommen. Dann ist sie um neun Uhr einundfünfzig in Hameln umgestiegen und um zehn Uhr sechsundzwanzig in Vlotho angekommen. Von dort muss sie wohl losgetippelt sein. Über die Weserbrücke und dann Richtung Möllbergen."

„Zeugen?"

Marc zuckt die Achseln.

„Ich hatte also den richtigen Riecher. Das Mädchen ist am Freitag bei Tobias, am Samstag fährt sie mit der Bahn nach Vlotho. Eine ziemlich zielgerichtete Reise, wie es sich anhört", sagt Schweiger, ohne den Blick von der Autobahn zu heben.

In drei dicht befahrenen Spuren fahren die Autos Stoßstange an Stoßstange, wann immer eine kleine Lücke entsteht, prescht schon ein Fahrzeug von links oder rechts hinein. Dass in Deutschland immer noch so schnell gefahren werden darf, ärgert Schweiger. Und Marc rast auch ganz schön: 130, jetzt schon 150. Zwecklos, was zu sagen. Der fühlt sich einfach zu schnell provoziert, denkt Schweiger. Und er selbst sollte sich vielleicht heute mit Kritik etwas zurückhalten, zumal er sich eine wirklich wichtige Besprechung geschenkt hat. Nein, er hat sie nicht sich, sondern einer jungen Lehrerin geschenkt, denkt er dann. Blond und poetisch. Sie kannte nicht nur moderne Gedichte. Der Hölderlin! Wie sie dalag, die Augen verträumt auf sein Gesicht gerichtet und das gesamte Gedicht zitierte!

Wo war er stehen geblieben? Ach ja, Lydia. „Und: Wo wollte das Mädchen hin? Warum fährt sie ausgerechnet in so ein Kaff und läuft dann da durch die Gegend?", fragt er den Kollegen.

„Weiter sind die Paderborner noch nicht. Zeugen gibt es nicht. Aber ich denke, dass dieser Tobias wirklich nicht dabei war, als sie in Vlotho ankam. Ein Pärchen wäre doch vielleicht eher aufgefallen als ein einzelnes Mädchen. Aber der muss sich doch schämen, oder? Der hat mit ihr gepennt, den Tag und die Nacht verbracht und dann lässt er sie alleine weglaufen. Wahrscheinlich hatte er ihr versprochen, dass er am Samstag mitkäme. Aber dazu war er dann zu feige", sagt Marc.

„Aber das macht doch keinen Sinn: Lydia kommt am Freitag nicht nach Hause. Wo suchen die Eltern sie? Bei ihrem Freund natürlich."

„Wussten sie denn von der Beziehung? Die Mutter sagt nichts dazu. Ich meine, die sagt sowieso nicht viel. Aber von dem Techtelmechtel scheint wirklich niemand was zu wissen."

„Aber die Lehrerin weiß es. Und wie ist es mit den Geschwistern? Die Blagen wissen doch immer alles", sagt Schweiger.

„Aber warum sollten sie es den Eltern erzählen, vor allem, wenn die vielleicht Theater machen?"

Schweiger zuckt die Achseln. „Wenn die Schwester verschwunden ist? Dann packen die doch aus, wenn sie wissen, wo die sein könnte! Das ist wirklich eine sehr merkwürdige Geschichte. Die Tochter ist verschwunden. Die Geschwister wissen vielleicht, wo sie ist, sagen aber nichts. Die Eltern suchen vielleicht. Machen aber keine Vermisstenmeldung. Die einzige Vernünftige weit und breit, die Einzige, die ein bisschen durchblickt, scheint die Lehrerin zu sein." Ja, und er kennt sie, er kennt sie sogar ganz gut, könnte man sagen. Das ist das Beste an der ganzen Geschichte.

„Die Mutter hat gesagt, sie hätte Lydia gesucht, aber nicht gefunden. Sie hätte gedacht, sie kommt auf jeden Fall wieder. Sie sei auf jeden Fall sicher."

„Aber wieso sie da so sicher war, kann sie nicht sagen, oder?", fragt Schweiger. „Das ist doch sowieso völliger Quatsch. Jeder normale Mensch hätte sofort eine Vermisstenanzeige aufgegeben."

„Auf keinen Fall wollten die sich schon wieder mit der Polizei anlegen. Sind schon ziemlich verschreckt von dieser ganzen Schulgeschichte. Die Staatsgewalt ist nicht so ihr Ding."

„Aha", sagt Schweiger, „die Schulverweigerungsgeschichte mal wieder." Die Kinder können einem wirklich Leid tun. Ach, was heißt hier Mitleid. Er merkt, wie ihm schon wieder die Zornesröte ins Gesicht steigt. Bloß nicht aufregen! Er wendet sich zum Fenster. „Vielleicht sind sie wirklich voller Gottvertrauen. Ich jedenfalls finde das sehr verdächtig: Eine Familie, die ihr Kind nicht als vermisst meldet. Bis zum Sonntag nicht. Die nicht weiß, mit wem das Mädchen befreundet ist, mit wem es sich trifft und wohin es sich wendet, wenn es Probleme hat."

Er denkt an den Vater des Mädchens, mit dem die Paderborner Kollegen gesprochen haben. Herr Eugen Mewes. Ein kräftiger Mann mit großen Händen und vollem Haar. „Ein eher ruhiger, sanfter Mann", sagte die Kollegin Annedore, er habe geweint, als er von seiner Tochter gesprochen habe. „Ein Vater zudem, der anscheinend immer versucht, alles Menschenmögliche für seine Kinder zu tun", hatte sie hinzugefügt, „aber vielleicht mit der modernen Welt reichlich überfordert ist."

„Heißt was?", hatte Schweiger nachgehakt.

„Das heißt, dass er wohl nicht immer genau den Überblick hat, wo sich seine Kinder aufhalten. Er war wohl auch bis Samstagabend in Lippstadt, auf der Arbeit. Wenn ihr mich fragt, dann hat diese Schulgeschichte die Familie völlig durcheinander gebracht."

„Was machen die Baptistenfamilien, ich meine, die Schulverweigerer in Paderborn eigentlich jetzt mit den Kindern?", hatte Schweiger noch von ihr wissen wollen.

„Einige lassen ihre Kinder wieder ganz normal zur Schule gehen. Die meisten von ihnen besuchen aber neuerdings eine Schule in Heidelberg. Extra für extreme Glaubensgemeinschaften. Das heißt, die Mewes' schicken ihre Kinder jetzt alle in die öffentliche Schule. In die Gesamtschule Kaukenberg und die kleine Tochter zur Grundschule Lieth."

Schweiger schreckt aus seinen Gedanken hoch. „Wir haben immer noch nicht heraus, was das Kind in dieser Gegend hier wollte." Er deutet auf die schöne Hügellandschaft, in der er und sein Kollege zu Hause sind. „Die Paderborner sollen herausfinden, ob es da noch eine Verbindung, eine Freundschaft oder so gibt, irgendwo hier in der Gegend. Irgendein Ziel muss das Mädchen doch gehabt haben. Es verirrt sich doch keine Ausreißerin nach Vlotho!"

Marc setzt den Blinker. Ausfahrt Herford/Bad Salzuflen. In Salzuflen biegt er trotz des Verbotsschildes, das Autofahren in der Innenstadt verbietet, schwungvoll in den Salzhof ein.

Als Schweiger auf sein Haus zugeht, denkt er an den bevorstehenden Abend. Seine Mutter ist unterwegs zu einem Treffen des Lippischen Heimatbundes. Ein neues literarisches Projekt soll heute besprochen werden. Oder ist es eine Lesung? Er denkt an die junge Lehrerin, Karin. Mit welchem Vergnügen sie heute die Geschichte vom Galgenstreit zwischen Salzuflen und Schötmar aus dem Lippischen Lesebuch erzählt hat. Salzuflen war im Besitz eines Galgens gewesen, der zwischen Schötmar und Salzuflen stand. Schötmar hatte keinen. Als man dort einen Übeltäter hängen wollte, verweigerte Salzuflen die Benutzung seines Galgens. *„Der Galgen ist uns und unseren Kindern vorbehalten."* Karin wollte sich ausschütten vor Lachen, als sie das zitierte. Hochdeutsch, statt im originalen Platt. War das eigentlich peinlich gewesen, dass er ihr dieses Büchlein geschenkt hatte? Ach, was soll's. Immerhin war es etwas Literarisches.

Schweiger lässt sich schwer in seinen Sessel vor dem Fernseher fallen.

16

„Wer ist das? Was ist das für einer? Hat der immer schon in Vlotho gewohnt? Was hat der beruflich gemacht?"

„Moment mal eben", sagt Anne zu Hansi, sie ist gerade erst wiedergekommen und muss erst einmal die Haustüre schließen, sie legt das Telefon kurz zur Seite.

„Er heißt Helmut Ansgar Benedikt. - Wieso lachst du?"

„Kommt dir der Name nicht bekannt vor?"

„Ach, das meinst du. Das ist aber nicht das einzig Merkwürdige an dem Typ. Bei dem ist irgendwie alles ein bisschen aus dem Ruder gelaufen, scheint mir."

„Weißt du was, Anne, du machst jetzt mal weiter Urlaub, und ich finde was über diesen Benedikt heraus, okay? Wird ja nicht so oft auftreten, der Name, oder? Und dann schaun wir mal. Aber Bedingung: Du machst mal eine Dampferfahrt oder so was, und ich kriege morgen einen Urlaubsbericht von dir, alles klar?" Er sagt es mit einer auf Autorität gestellten Stimme, tief und jedes Wort einzeln artikuliert.

Anne lacht bei dieser Imitation ihres Chefs Hesse im Bielefelder Präsidium. „Das Schiff im Hafen von Vlotho fährt nur samstags. Und auch nur nach Minden und nicht einmal zurück. Aber okay, ja, du hast ja Recht, ich werde was unternehmen, das wie Urlaub aussieht. Spätestens morgen. Morgen ganz bestimmt. Aber, Moment mal, Hans." Sie wird ernst. „Kannst du bitte mal etwas über das Mordopfer herausfinden? Wer ist sie? Wo kommt sie her? Familiärer Hintergrund und so. Schule. Möglichst über den Pressedienst, oder so, also eher unauffällig."

„Du lässt ja sowieso nicht locker!"

„Junges Mädchen aus Paderborn im Vlothoer Wald gefunden", ist der Zeitungsartikel im Westfälischen Volksblatt, Ausgabe Schaumburger Land, überschrieben. Anne beißt in ihr Frühstücksbrötchen und liest weiter.

„Am Samstagabend wurde im Wald oberhalb des Vlothoer Ortsteils Uffeln ein junges Mädchen tot aufgefunden. Todesursache war nach Angaben der Kriminalpolizei Herford ein Aufprall auf einen harten Gegenstand, wahrscheinlich einen Baumstamm, bei einem rückwärtigen Sturz. Mord oder ein Unfall? Lydia M. aus Paderborn galt schon seit Freitag als vermisst. Sie trug ein helles Sommerkleid und führte einen Schulrucksack mit sich. Die Kriminalpolizei Herford bittet die Bevölkerung um ihre Mithilfe bei der Aufklärung des mysteriösen Falles. Wer hat das Mädchen auf seinem Weg hierher gesehen? Wer kann Angaben über die letzten Tage des Mädchens machen? Hinweise nehmen alle Polizeidienststellen entgegen."

Also kein Sexualverbrechen, wenigstens das ist ihr erspart geblieben, denkt Anne. Darauf gibt es jedenfalls in diesem Zeitungsartikel keine Hinweise. Der Artikel wäre in dem Falle sehr viel reißerischer gewesen. Mord oder ein Unglücksfall? Was hat der Benedikt gefragt: „Ist sie tot?" So, als ob er sich nicht sicher sei, was er angerichtet hätte. Sie muss sich unbedingt heute noch mal mit dem befassen. Aber ihn noch einmal alleine aufsuchen? Anne schüttelt sich und legt das Brötchen wieder hin. Erst wird sie einmal ihre Kontakte zur lokalen Szene spielen lassen und ein paar Leute befragen.

Gestern hat sie allerdings versucht, ihren Urlaub zu genießen, hatte sich am Nachmittag auf ihr Fahrrad geschwungen und war nach Veltheim geradelt. Erst ein Stück die Landstraße entlang, dann rechts in die Straße Richtung Gasthof Stiller. Dort hatte sie sich ein Alster gegönnt und eine Currywurst mit Pommes. Urlaubsessen. Richtig schön lecker fett. Anschließend war sie zur Veltheimer Gier-Seil-Fähre gefahren. Ein altes, schmales, längliches Boot, das an einem langen Seil mit Hilfe der Strömung über die Weser gezogen wurde. Als der Fährmann sie hatte ankommen sehen mit ihrem Fahrrad, hatte er die Fähre noch mal gestoppt, die Leute darin aufgefordert, Platz zu machen und ihr Fahrrad über den Bootsrand gehoben. Anne hatte sich in das Boot gesetzt und auf die Kulisse des kleinen Ortes Veltheim mit der alten, romanischen Kirche geschaut. Ein Blick wie in Italien. Die kleine Kirche, die gepflegten Fachwerkhäuser, davor der Fluss, über den sie schnell am Seil gezogen wurden. Herrlich. Auf der anderen Seite war sie in Richtung Varenholz, zum Weserfreizeitzentrum weitergeradelt. Dort hatte sie den Nachmittag auf der Seeterrasse in der Sonne verbracht.

Urlaub kann schön sein, wenn man nicht zurück müsste, in den Wald. In ihrem persönlichen Paradies, das sie bisher immer von allem gut abgeschottet hatte, ging neuerdings ein unguter Geist um. „Quatsch, Anne“, sagte sie zu sich selbst. Und doch war irgendetwas dabei, ihr diese Gegend zu verleiden. Den Ort, an dem sie mit Verbrechen und mit ihrem Alltag nichts, aber auch gar nichts zu tun haben wollte.

Sie hatte auf der Seeterrasse gesessen und auf den Spielplatz am Ufer gestarrt. Ein erwachsener Mann, der mit Puppen spielte. Ein Puppenfetischist, der sich erkundigt, ob das Mädchen noch lebt. Was weiß er? Was hat er mit dem Mädchen zu tun? Und wenn er damit gar nichts zu tun hat: Wer könnte dem Mädchen noch so etwas angetan haben? Ein Zufallstäter oder Gelegenheitstäter ist ja wohl hoffentlich auszuschließen. Jemand, der da die Gegend unsicher macht, der sich ganz beliebig seine Opfer auswählt. Der mordet und vergewaltigt.

Benedikt jedenfalls käme für solche Verbrechen wohl kaum in Frage. Unvorstellbar, dass er der Vergewaltiger von Sarah Weingarten war. Sieht der so aus, als würde er sich aus der Brückennische wegbewegen, nachdem er sich Wanderklamotten angezogen hat, und sich dann mit dem Fahrrad nach Bielefeld begeben? Der sieht nach gar nichts in der Art aus. Oder spielte er nur den harmlosen Verschrobenen? War alles, was sie bei ihm gesehen hatte, nur eine Show?

Anne hatte ihr Buch in den Rucksack gepackt, gezahlt und war den Fahrradweg und dann die Landstraße über Eisbergen zurückgefahren. Ein selten schöner Sommerabend. Wann wird sie anfangen, ihre Zeit hier zu genießen? Im Weizen ein beständiges Knistern von Insekten, die Wiesen dufteten nach Heu und Blüten. Nach solch einem Abend sehnt man sich im Winter, im Frühjahr, eigentlich immer. Wenn nicht, ja, wenn sie nicht den Wald hätte durchqueren müssen, in dem es inzwischen nicht mehr nach Pilzen und Urlaub, sondern nach Verfall, nach Blut und Mord roch.

Irgendwie hatte Anne nach ihrer Radtour doch noch in einen relativ tiefen Schlaf gefunden. Aber ihr Konsum von Weißwein gefällt ihr ganz und gar nicht. Und viel weniger noch das Gefühl der Unsicherheit, das sie neuerdings beschleicht, wenn sie den Waldweg entlanggeht und die Tür der Hütte aufschließt.

Aber heute wird sie dieses Problem aus der Welt schaffen.

Die Besitzerin des Hotels Karli in Uffeln, des kleinen Hotels direkt an der Landstraße, erkennt Anne Schall sofort wieder, als sie ihr die Tür öffnet, und bittet sie in ihre private Küche. Anne hat hier einmal einen Freund untergebracht, einen Besucher, dem sie, wie sie sagte, nicht ihre bescheidene Hütte als Quartier anbieten wollte. Damals hatte sie noch die Ferienhütte auf dem Campingplatz.

Die Besitzerin erinnert sich noch gut daran, wie Anne mit diesem Mann ankam und dann gleich wieder ohne ihn verschwand, nachdem er sein Zimmer bezogen hatte. Merkwürdig, hatte sie damals gedacht. Ein Freund des Hauses, der gleich ins Hotel verfrachtet wird? Am nächsten Tag kam sie aber wieder. Sie frühstückte mit dem Mann, den sie Max nannte und dem sie auffällig häufig in die Augen schaute. Ein komisches Pärchen. Wahrscheinlich war dieser Max verheiratet oder so was. Jedenfalls war er viel jünger gewesen als die Kommissarin. Später, als der Mann schon mit seinem roten Golf davongefahren war, hatte Karin Vogel noch lange mit der Schall gequatscht. Die Kommissarin aus Bielefeld kannte sich in dieser Gegend fast genauso gut aus wie sie selbst, obwohl sie doch hier aufgewachsen und die nur zu Besuch war! Aber man kommt ja auch kaum raus aus dem Haus, wenn man hier arbeitet.

„Hallo, Frau Vogel", Anne reicht ihr die Hand. „Ich hätte heute mal ein paar Fragen an Sie, dienstlich allerdings."

„Tag, Frau Schall. Berufliche Fragen? Sind Sie denn nicht im Urlaub hier? Sie arbeiten doch in Bielefeld, oder?"

„Normalerweise schon, ja, aber das hier ist eine Ausnahme."

„Möchten Sie einen Kaffee? Setzen Sie sich doch." Karin Vogel gießt Anne einen Becher voll und schiebt ihn über den Tisch. Anne nimmt einen kleinen Schluck von dem heißen Getränk. Ihr

Blick wandert von dem schönen Blumenstrauß auf dem Tisch zum Fenster und fällt sofort auf die Straße, die fast unmittelbar am Haus entlanggeht. Karin Vogel folgt ihrem Blick. Zwischen Haus und Straße befindet sich nur ein schmaler Weg, durch einige beleuchtete Pfähle begrenzt, sodass die Bewohner dieser Straße wenigstens vor das Haus treten können, ohne gleich überfahren zu werden. Unmittelbar vor ihnen beginnt schon die Landstraße, auf der sich niemand wirklich an die Geschwindigkeitsbegrenzung von 50 Stundenkilometern hält. Am Ende des Ortes rasen die Autos zudem in eine Kurve. Karin Vogel erinnert sich noch daran, dass sie beim letzten Mal der Kommissarin erzählt hat, dass hier im Ort schon mehr als einmal Passanten tödlich verunglückt sind. Beim Versuch, eine Dorfstraße zu überqueren, vom Auto erfasst. Was die Stadt allerdings immer noch nicht dazu bewogen hat, ihr Versprechen einzulösen, hier einen Bürgersteig zu bauen.

„Haben Sie in den letzten Tagen hier etwas Besonderes bemerkt? Ist hier jemand vorbeigekommen, den Sie nicht kennen? Vielleicht am Freitag oder am Samstag?“, wendet sich die Kommissarin jetzt zu ihr.

Karin sieht sie nachdenklich an. „Geht es um das Mädchen im Wald?“ Sie hat von diesem schrecklichen Leichenfund gehört und in der Zeitung gelesen. Furchtbar. Sie selbst und ihre Nachbarinnen lassen die Kinder kaum nach draußen, sie bringen sie schon wegen des Verkehrs morgens abwechselnd zur Schule in Vlotho. Selbst der Weg zur Haltestelle des Schulbusses ist ihnen zu gefährlich. Und auch nachmittags wird immer alles nur mit dem Auto erledigt. Man wohnt auf dem Land und kann die Kinder fast gar nicht rauslassen. Nur in eine Richtung, nämlich zum Fluss hin, können sie einfach losrennen. Deshalb müsste ihr ein junges Mädchen eigentlich aufgefallen sein.

Am Samstag hat sie zuerst gekocht. Morgens war sie zum Einkaufen in Valdorf gewesen. Nach dem Mittag hat sie während des Kuchenbackens eine Reservierung bekommen, für einen weiteren Arbeiter der Montagegruppe, die dann am Montag eintraf. Die Männer arbeiten im Kraftwerk von Veltheim und wohnen in ihrem Hotel. Das ist immer eine wichtige Einnahmequelle für ihre Familie. Während des Anrufes hat sie aus dem Fenster geguckt.

„Einen Mann habe ich gesehen“, fällt ihr plötzlich ein. „Wissen Sie, man sieht ja, wenn hier jemand langkommt. Wir haben ja immer noch keinen Bürgersteig, sodass jeder sehr dicht ans Haus herankommt, um nicht die ganze Zeit auf dieser Landstraße laufen zu müssen. Da ist mir der Typ aufgefallen. Er ging sehr langsam, als ob er müde wäre, oder so. Und plötzlich bleibt er stehen und starrt in unseren Garten. Sah ein bisschen komisch aus. So gepflegt und gleichzeitig etwas schmutzig. Also, ein bisschen altmodisch gekleidet. Keine Jeans oder so, keine Cordhose. Eine Anzughose und eine Jacke hatte der an.“

„Hatten Sie den schon mal gesehen?“

„Ja, das kann schon sein. Vielleicht. Aber wenn, dann noch nie hier, so nahe an unserem Haus. Nein, hier ist der noch nicht langgegangen.“

„Und in welche Richtung ging er?“

„Der ging einfach weiter. Nach rechts. Nach Borlefzen, ja, rechts die Straße runter. Das hat mich noch gewundert, weil der so gar nicht nach Camping aussah. Aber vielleicht wollte der da jemanden besuchen, oder so.“

„War noch jemand dabei? Ein Mädchen? Oder vielleicht ein Hund, so ein schwarzer, mittelgroßer?“

„Ein Hund? Sie meinen diesen Schweizer Sennenhund? Der hier öfters herumstromert? Ich weiß aber nicht genau, wem der gehört. Der läuft immer mit allen mit, die er sieht. Kann sein, dass der zu dem Zeitpunkt auch dabei war, mir fällt der gar nicht mehr auf. Der gehört schon zum Ortsbild.“

„Und warum hat der Mann angehalten und in Ihren Garten geschaut? Was war da im Garten?“

„Also bei uns hier gucken öfters Leute in den Garten. Deswegen“, Karin Vogel deutet auf die Lilien in der Vase, die gelb leuchten und nicht so stark duften, dass man sie in der Küche nicht ertragen könnte. „Die züchte ich, und die fallen den Leuten immer auf. Allerdings sind das nicht unbedingt die Männer, die zum Gucken stehen bleiben. Also, warum hat der in den Garten geschaut? – Nachmittags, als ich den Kuchen gemacht hab? Mm ... Wo war da Elfi? Ja, die war da gerade zum Spielen im Hof. Mit einem anderen Mädchen. Ein großes Mädchen war das, ich habe sie nur flüchtig gesehen, die kannte ich noch nicht. Muss eine aus der Schule sein, vielleicht aus einer der höheren Klassen. Elfi lädt sich manchmal ein Mädchen ein, das wir noch nicht kennen. Sie ist sehr kontaktfreudig, wissen Sie? Und wir sind hier draußen ja ein bisschen isoliert." Ja, ihre Tochter, das ist natürlich ihr Lieblingsthema, von der könnte Karin Vogel der Kommissarin noch viel mehr erzählen, zum Beispiel ...

„Und wie lange hat der Mann da gestanden? Konnte er die Mädchen denn vom Zaun aus sehen?"

„Sie ist weggelaufen. Lydia ist weggelaufen", sagt Elfi, die in Jeans und Reitstiefeln plötzlich in der Küchentür steht. „Der Mann ist stehen geblieben und hat so geguckt, da ist Lydia aufgesprungen und weggelaufen. Ohne was zu sagen."

„Wer ist das denn, die Lydia?", fragt Anne schnell und schaut zur Tür. „Ich weiß nicht", sagt Elfi jetzt, „sie ist am Zaun langgegangen, und ich habe sie gefragt, ob sie mal unsere Pferde sehen will. Und dann ist sie noch etwas geblieben und hat mit mir gespielt. Aber plötzlich war sie weg."

Die beiden Frauen sehen sich an.

„Hast du gesehen, in welche Richtung sie gelaufen ist?", fragt Anne.

„Nee. Also sie ist bestimmt nicht über die Straße gelaufen, das hab ich ihr vorher gesagt. Da darf man nämlich nicht drüber. Das ist gefährlich. - Krieg ich was zu trinken?"

„Geh erst die Stiefel ausziehen. Und denk auch an deine Schulaufgaben", sagt Karin Vogel und gießt Anne noch einmal Kaffee nach, obwohl die sich schon halb von ihrem Stuhl erhoben hat. „Wie geht es denn Ihrem Bekannten?", fragt sie neugierig.

„Wem?" Anne nimmt ihren Rucksack auf und hängt ihn sich über die Schulter.

„Dem vom letzten Sommer, den Sie damals hier untergebracht haben. Netter Typ. Sie haben doch noch mit ihm gefrühstückt."

Anne lacht. „Ach, Sie meinen Kurhake. Max. Ja, wie es dem geht? Keine Ahnung. Hab ihn lang nicht mehr gesehen. Ich habe hier ja selten Besuch. Das ist mir auch viel lieber so.“ Sie lacht und trinkt den Becher im Stehen aus. „Danke erst mal, auch für den Kaffee. Ich glaube, Sie haben mir sehr geholfen. Und du besonders, Elfi.“ Sie dreht sich zu dem kleinen Mädchen um, das jetzt mit einer Reitpeitsche in der Hand zurückgekommen ist.

„Willst du vielleicht unsere Pferde sehen? Ich habe gerade ein neues Pony bekommen. Es heißt Schnuppi, weil es immer so schnuppert. Es ist ganz süß. Das musst du unbedingt mal sehen.“ Elfi hat Annes Hand genommen und versucht, sie in Richtung Weide zu ziehen.

„Beim nächsten Mal bestimmt. Jetzt muss ich leider schnell los!“

Anne winkt dem Mädchen zu, lenkt ihr Fahrrad Richtung Vlotho und fährt an der Weserbrücke direkt zum Postamt. Sie hat natürlich ihr Handy nicht dabei, wie immer, wenn sie es dringend braucht. Mittwochabend, 17 Uhr. Da sollte doch im Herforder Kommissariat noch jemand zu sprechen sein. Sie wählt die Nummer, die Marc Willems ihr gegeben hat. „Herr Schweiger“, sagt sie, als sie den Kollegen in der Leitung hat, „ich glaube, ich habe etwas für Sie. Können Sie hierher kommen und sich mit mir treffen?“

Schweiger wird in ungefähr dreißig Minuten in Uffeln sein. Er hat ihr am Telefon irgendetwas vom Jugendhof Vlotho erzählt, auf dem er ein Seminar mitgemacht habe. Daher kenne er die Stadt recht gut und würde auch ohne weiteres die Schranke zum Feldweg finden. Ein Seminar zum kreativen Schreiben! Anne schaut immer noch überrascht auf den Hörer, den sie in der Hand hält.

17

Anne dreht sich auf dem engen Sofa herum und wird davon wach, dass sie dabei mit der Wolldecke zusammen halb auf den Boden rutscht. Ihr Blick fällt auf ein Fenster, das ein Stück Sommerhimmel und eine strahlende Sonne sehen lässt. Oh je, sie hat verschlafen. Und sie ist auch nicht in ihrer Hütte. Vielmehr liegt sie auf dem Sofa eines Einbettzimmers in einem Hotel in Vlotho, in das Ernst und sie fröhlich singend hineingestolpert sind, nachdem sie mindestens ein Glas zuviel von dem guten Kadarka intus hatten. Sein Auto muss auch noch vor dem „Adria" stehen. Und wo ist der Mann?

Anne richtet sich langsam auf und sucht vergeblich nach ihrem T-Shirt. Dann lässt sie sich wieder auf das Sofa fallen. Er hat sich verdammt gut angefühlt und nackt noch besser ausgesehen als angezogen, fand sie. Und sie selbst? Jedenfalls war sie bester Stimmung gewesen, besonders in dem Augenblick, in dem sie beide in dem engen Bett im Hotelzimmer gelandet sind. Und alles Weitere war auch sehr gut gewesen. Du meine Güte, es geht doch nichts über Männer mit jahrzehntelanger Übung, denkt Anne. „Das gilt natürlich auch für Frauen", fügt sie halblaut hinzu. Wenn es auch nicht ausgerechnet ein Kollege hätte sein müssen, oder? Aber ein Verführer war das, wie er im Buche steht.

Apropos Bücher. Sie hatten sich über Maarten 't Hart unterhalten. Er fand den Roman „Die Netzflickerin" besser als „Das Wüten der ganzen Welt". Das wäre ja noch akzeptabel gewesen, aber dass er die modernen Romane von 't Hart genauso gut fand wie seine älteren, die sich so ernsthaft mit Schuld und Sühne, mit klassischen Romanthemen befassen, hatte Anne nicht wirklich überzeugt. Bei der Auseinandersetzung hatten sie sich erhitzt gegenüber gesessen und dabei so viel gegessen, wie eben hineinging. Das hatte Anne an ihm besonders gut gefallen: Er war absolut kein Kostverächter. Auch nicht beim Essen. In einem Punkt waren sie sich vollkommen einig, nämlich, weshalb die Romane von Maarten 't Hart so gut waren: Sie waren so menschlich, man konnte sich mit den Personen identifizieren, mehr noch: Sie wuchsen einem direkt ans Herz.

Anne rekelt sich wohlig auf dem schmalen Sofa. Wann hat sie sich zum letzten Mal mit einem Mann über Literatur gestritten? Das musste schon lange her sein. Zu lange. Und am Schluss hatte dieser Verrückte angefangen, Gedichte zu rezitieren. Der konnte eine Menge davon auswendig. Zum Beispiel dieses von Rilke: *„Wie soll ich meine Seele halten, dass sie nicht an deine rührt'"*, oder so ähnlich, du meine Güte, war das schön, wie er das aufsagte.

Plötzlich gab es die beiden Kripobeamten aus der Lippischen Provinz gar nicht mehr. Sie waren in Venedig in dieser Flamenco-Kneipe, im Hintergrund sang ein Schlagersänger schwülstige Lieder, vor Annes halb geschlossenen Augen wurde Ernst Schweiger zu Bruno Ganz, der in feurigem Ton der Angebeteten spanische Gedichte vortrug. War das nicht Ganz' warme, weiche Stimme, seine Hände, sein Gesicht, das sich zu ihr herunterbeugte ...? Als sie die Augen wieder aufschlug, hatte Ernst ihre Hand genommen und zu sich herübergezogen und geküsst. Mein Gott, der schreckte wirklich vor keiner kitschigen Geste zurück.

Dann fragte er sie nach ihrem Lieblingsfilm. Und natürlich kannte auch er den Film „Brot und Tulpen", den sie sich eine Weile immer wieder angesehen hatte.

„Kennst du diese Stelle, wo Ganz nach ... , na egal, gefahren ist. Auf dem Parkdeck des Supermarktes ist Rosalia gerade dabei, mit ihrem pubertären Sohn zusammen ihre Einkäufe in den Wagen zu laden. Da steigt er aus seinem geliehenen Lieferwagen aus und sagt ..."

„Er sagt erst mal ein Gedicht auf, ein wunderschönes, und dann sagt er zu dem Teenager-Sohn ...", unterbrach ihn Anne.

„Ich bin gekommen, um die Hand deiner Mutter anzuhalten. – Warum denn?, fragt der Teenager verstört. – *Weil ich sie liebe."*

Anne Schall konnte nie verhindern, dass ihr an dieser Stelle des Filmes die Tränen in die Augen traten. Dazu heute auch noch der Rotwein. Als Schweiger das sah, stand er auf, setzte sich neben sie und legte den Arm um sie. Wie er sie küsste! Er fing erst einmal mit ihren Augen an ... Dann bezahlten sie und machten sich auf die Suche nach einem Hotel, das um diese Zeit noch geöffnet war und ihnen ein Zimmer geben konnte. Dafür liefen sie eine ganze Weile lang singend und Arm in Arm durch Valdorf bis nach Vlotho.

Oh je, denkt Anne, erhebt sich mühsam von ihrem Sofa und geht ins angrenzende Badezimmer. Schnell duschen und schauen, wo der Kollege geblieben ist. Hat der heute womöglich Dienst und ist schon weg? Hat der ihr vielleicht einen Zettel hingelegt? Sie geht noch einmal ins Zimmer zurück. Ernst hat sogar schon alles aufgeräumt. Als müsste man im Hotel sein Bett machen.

Nichts zu finden.

Im Badezimmer schaut sie in ihr Gesicht im Spiegel. „Anne, Anne", sagt sie zu sich selbst. Dann fängt sie an zu singen.

Nicht lange, nachdem Ernst Schweiger Annes Anruf erhalten hatte, hatte er sein Auto vor der Schranke mit dem „Betreten verboten"-Schild abgestellt und war in seiner hellgrauen Sommerhose mit dem roten Hemd vorsichtig unter der Schranke hindurchgekrochen. Anne musste fast lachen, als sie das sah. Überhaupt, der Hauptkommissar, Dezernatsleiter im Herforder Präsidium, sah gut aus mit seinen grauen Haaren und dem offenen, freundlichen Gesicht. Aber für diese Gegend war er nicht besonders passend gekleidet. Am Samstag hat sie sich den Kollegen Schweiger nur flüchtig angeschaut, verärgert wie sie war, dass er sie nicht mehr an das tote Mädchen herangelassen hatte.

Als heute klar war, dass der Kollege den Jüngeren nicht mitbringen würde, hatte sie sich entschlossen, noch eben zur Hütte zurückzuradeln, ihre Jeans erst mal gegen eine schmalere schwarze Sommerhose aus Wildseide einzutauschen und ein langes, weißes T-Shirt anzuziehen. Wieso eigentlich? Keine Ahnung. Sie wollte dem ermittelnden Kollegen ihre Erkenntnisse mitteilen. Das war ihre Pflicht, zumal es ja jetzt etwas Konkretes gab.

Als Anne vor Schweiger her bis zur Eisenbahnbrücke ging, stand die Sonne schon etwas tiefer und die Hitze des Tages ließ langsam nach, aber noch immer flimmerte die Wiese von der warmen Luft und es duftete betörend nach, ja, wonach eigentlich? Sie wusste es auch nicht so genau ...

Wie am Tag zuvor lag das Stück Rinne auf dem Boden, fast an derselben Stelle wie vorher. Anne schob es etwas mit dem Fuß beiseite. „Hier wohnt jemand“, sagte sie und deutete auf die Öffnung zum Hohlraum im oberen Teil des Brückenpfeilers. Schweiger schaute nach oben. Dort tat sich nichts. Es war sehr ruhig, man hörte nur den Verkehr auf der kleinen Straße auf der anderen Weserseite und, wenn der Straßenlärm für Sekunden verebbte, auch das Summen der Insekten. Schließlich krempelte er sich schweigend die Hosenbeine hoch. „Denn mal los.“ Sie bahnten sich den Weg zwischen den Büschen und Pflanzen bis zum Eingang der Brückennische.

Anne wunderte sich darüber, wie gelassen Schweiger es aufnahm, dass ihm die Zweige gegen die Beine schlugen und sich auf seinen Schuhen eine Staub- und Dreckschicht sammelte. Endlich standen sie oben und schauten in den Hohlraum hinunter. Der kleine Raum war leer bis auf die Pappkartonwand und die Stehleiter. „Gehen wir doch runter!“ Anne war jetzt dicht hinter dem Kollegen und hatte schon wieder Mühe, vor dem Eingang die Balance zu halten. In diesem Augenblick rauschte ein Zug mit Getöse vor ihnen vorbei. Sie standen einen Augenblick schweigend und starrten auf den Blau-Gelben. Anne sah automatisch auf die Uhr. Fünf vor halb acht. In zehn Minuten würde der Gegenzug vorbeifahren.

Als das Lärmen des Zuges auf der anderen Seite der Brücke allmählich verklang, drehte sich Schweiger zu ihr um, sah sie skeptisch an und deutete in die leere Behausung. Dann fing er an, die Behelfstreppe hinunterzuklettern. Anne drehte sich um und stieg vorsichtshalber rückwärts hinter ihm die Stufen hinunter. Keine Lust, pfundweise die Treppe hinunterzufallen und vor seinen Füßen zu landen. Unten lehnte sie sich erst einmal gegen die Wand. Der Kollege war ziemlich flott, im Gegensatz zu seinem Assistenten.

Es roch immer noch nicht gut in dem Raum, aber es war niemand mehr da, kein Müll zu sehen, gar nichts. Schweiger ging langsam herum und schaute in jede Ecke, schließlich blieb er vor der Pappkartonwand stehen und zog die leeren Schubladen heraus.

„Er hatte eine Puppe dabei“, sagte Anne. „Eine Schaufensterpuppe, die lag hier.“ Sie deutete auf die Längs- und dann auf die Stirnseite der Nische. „Und da war ein Hundekorb.“

Schweiger sah sie einen Augenblick lang nachdenklich an. „Eine Schaufensterpuppe?“

Anne nickte.

„Wird ein Penner gewesen sein, oder?“, fragte er dann.

„Hören Sie, er hatte eine Schaufensterpuppe dabei. Und er hat ...“ Ja, was denn eigentlich? Was machte den Mann verdächtig? „Er kannte das Mädchen. Ja, das glaube ich, er erkundigte sich, ob es tot sei.“

Schweiger warf ihr wieder einen seiner skeptischen Blicke zu: „Das hat in der Zeitung gestanden, dass hier in der Gegend was passiert ist“, meinte er dann. „Aber woher kannten Sie eigentlich den Mann, der hier gewohnt hat?“

„Ich bin hier im Urlaub. Schon vergessen? Ich habe mich mit ihm unterhalten.“

„Entschuldigen Sie. So war das nicht gemeint. Wo haben Sie ihn getroffen? Hier, vor der Brücke?“

„Ja, das kann man so sagen. Allerdings ist mir als erstes die Puppe aufgefallen.“

„Heißt das, Sie sind hier hineingeklettert?“ Schweiger zeigte an die Decke der Brückennische und dann auf die Treppenleiter. „Respekt! Obwohl Sie ja nicht gerade ein Fan von Treppen zu sein scheinen.“

Anne erwiderte seinen Blick ärgerlich. Wie hatte er das denn mitbekommen? Und er traute ihr wohl nicht zu, eine Angst zu überwinden, wenn es um Ermittlungen in einem Todesfall ging. Dann sah sie an ihm und an sich selbst hinunter und fing an zu lachen. Sie waren beide so stadtfein gekleidet, wie für einen Sommerabend auf einer Hotelterrasse in einem der Kurbäder. Und jetzt über und über mit Staub und mit alten, vertrockneten Blättern beschmutzt.

Ernst, der ihrem Blick gefolgt war und ebenfalls an ihr und an sich selbst hinuntergesehen hatte, stimmte in ihr Lachen ein. Erst als die Eurobahn über ihren Köpfen hinwegrauschte, hielten sie japsend inne.

Fünf nach halb. Anne schaute von ihrer Uhr hoch: „Übrigens ist der Typ nicht nur mir aufgefallen. Es gibt eine Zeugin in Uffeln, die ihn wahrscheinlich an ihrem Gartenzaun gesehen hat, wie er ihre Tochter und ein fremdes Mädchen namens Lydia beobachtete."

„Was?" Ernst verstummte schlagartig. Er zog sein Handy aus der Hosentasche. „Wo ist das?", fragte er und wählte. Kein Netz, natürlich nicht. Nicht unter einer alten Eisenbahnbrücke. Als sie wieder draußen standen, versuchte er es noch einmal. Aber er konnte offenbar niemanden erreichen. „Wissen Sie auch schon, wie der Mann heißt?"

„Er heißt Helmut Ansgar Benedikt. Und er hat auch noch eine Wohnung. In Uffeln. Dahin hat er mich eingeladen. Das klang glaubwürdig." Anne ärgerte sich darüber, dass sie so beflissen Auskunft gab. Wie kam sie denn dazu? Was wollte sie dem beweisen?

„Gut", meinte Schweiger. „Ich denke, da werden wir uns morgen einmal nach Uffeln begeben, der Willems und ich." Er schüttelte mit beiden Händen den Staub aus den Hosenbeinen.

„Warten Sie." Anne zupfte ihm die kleinen Zweige und Blätter ab, die sich deutlich von seinem roten Hemd abhoben.

„Danke sehr, Frau Kollegin", sagte Ernst etwas anzüglich, und ziemlich sanft, fand Anne.

Sie grinste. „Service des Hauses. - Glauben Sie mir eigentlich?", fragte sie dann. Er roch nach irgendeinem Männerduft. Immerhin hatte er in ihr Lachen eingestimmt und war dabei deutlich lockerer geworden. So, als habe er noch eine andere, nicht ganz uninteressante Seite. Und die Klettertour in die Brückennische, zusammen mit ihm, war, obwohl sie etwas dumm dabei aussah, weil ihr Verdächtiger wie vom Erdboden verschluckt war, recht unterhaltsam gewesen. Und außerdem: Sie sah in die Landschaft. Ein schöner, heißer Sommerabend, und sie müsste sich auf ihr Fahrrad schwingen und allein zurück in ihre Hütte und in den Wald fahren.

„Glauben Sie mir denn, wenn ich sage, dass ich Hunger habe und jetzt Feierabend machen möchte?" Er hatte schon wieder diese sanfte Stimme, nahm ihre Hand für einen kleinen Moment von seiner Schulter und hielt sie fest. „Hier in der Nähe gibt es doch ein ganz gutes Balkanrestaurant, oder?"

„Sie meinen das Adria in Valdorf? Ja, das ist nicht schlecht."
„Kommen Sie mit?"
Anne nickte.

18

Als Anne ihre Hosen hochzieht, klingelt ihr Handy. Sie sieht sich im Zimmer um. Wo ist jetzt das blöde Telefon? Neben dem zerwühlten Sofa liegt ihre Jacke.

Komisch, Ernst ist auch noch nicht wieder aufgetaucht. Wo ist der Mann eigentlich? Wird vielleicht zum Frühstück gegangen sein, obwohl sie sich nicht wirklich vorstellen kann, dass er das ohne sie tun würde an diesem Morgen.

„Ach Hansi", sagt sie, als sie endlich ihr Handy aus der Jackentasche gefummelt hat.

„Guten Morgen, Anni", sagt er, „wie geht es uns heute? Ich habe übrigens den Abend am Schreibtisch verbracht, um aktiv an deinem Ferienbeschäftigungsprogramm mitwirken zu können. Und hier haben wir nun Helmut Ansgar Benedikt."

„Guten Morgen, Herr Kollege. Ich heiße übrigens Anne, wenn's recht ist, aber schieß los."

Johannes Uhle lacht. Er selbst hat eigentlich nichts dagegen, dass die Kollegin einen Kosenamen für ihn benutzt.

„Helmut Ansgar Benedikt, wohnhaft in Vlotho-Uffeln, Mindener Straße, Nummer vier. Und jetzt kommt's: Ehemaliger Regierungsbeamter, schulfachlicher Dezernent beim Regierungspräsidenten in Detmold, das nennt sich, Moment, das muss ich genau lesen. *Leitender Regierungsschuldirektor*, allerdings *a. D.*, wie man so schön sagt. Ja. Weiter. Aufgabenbereich: Katholische Religionslehre an Gymnasien. Bezahlung übrigens nach B4 Bundesbesoldungsordnung. Nicht ganz schlecht, wenn man bedenkt, dass die Ausgaben eines unter einer Brücke lebenden Pensionärs den meinen nicht besonders ähneln können. Weiter?"

„Ja, doch, was ist mit seinem Lebenslauf?"

„Also: Geboren am ersten Januar 1948 in Bielefeld, dort aufgewachsen, von 1968 bis 1975 Studium der Theologie in Münster ..., anschließend in Bielefeld die pädagogische Hochschule besucht. Unterrichtet am Gymnasium in, Moment, das kann ich nicht lesen, muss auch irgendwas in Bielefeld sein, dann von 1984 bis 2003 beim Regierungspräsidenten. Vorzeitig pensioniert aus gesundheitlichen Gründen. Hat bestimmt einen Lattenschuss, der alte Knabe."

„Hansi!"

„Ist ja gut. Herr Benedikt ist im Oktober 2004 nach Vlotho gezogen, in die Wohnung einer Verwandten, Frau Simone Benedikt, die Schwester des Vaters, die aber inzwischen das Zeitliche gesegnet hat. Hast du die Adresse notiert? Okay. Reicht das?"

„Wie - und dafür hast du den ganzen Abend gebraucht?"

Hans japst übertrieben laut nach Luft.

„Sorry, war nicht so gemeint." Anne hat sich den Hörer ans Ohr geklemmt und versucht immer noch, ihren Hosenknopf zu schließen. Schwierig, nach der Völlerei vom Vorabend. „Vielen Dank erst mal", sagt sie abgelenkt. „Völlig unauffälliger Zeitgenosse also, oder?"

„Liebe Kollegin, ich habe selbstverständlich auch noch ein paar Polizeidateien durchgesehen. Polizeitechnisch völlig unbekannt, dein lieber Freund. So ist es. Fehlanzeige also. Mit diesem Regierungsbeamten aus Detmold kannst du getrost und unbeschwert deinen Urlaub verbringen. Kann ich sonst noch was für dich tun, meine Liebe?"

„Ja, sei nicht so frech." Anne lacht. „Und danke erst mal, ja?"

„Gebongt!"

„Moment mal eben", schreit Anne in den Hörer, bevor er auflegen kann. „Was ist eigentlich mit dem Mädchen? Hast du über die schon mehr heraus?"

Er verspricht, sich jetzt darum zu kümmern, und legt auf.

Anne setzt sich auf das Bett. Ihre Hose klafft immer noch. Ein Lehrer also. Ein Lehrer mit höheren Weihen, sozusagen. Noch dazu Theologe. Himmel. Benedikts Anzug fällt ihr ein und der Kin-Hin-Marsch durch die Brückennische. Aber auch ein Lehrer kann ein Vergewaltiger und Mörder sein, oder? Aber ein Religionslehrer? Und was hat der bloß mit der Puppe?

Sie braucht jetzt dringend einen Cappuccino. Am besten, sie macht sich jetzt mal vom Acker. Was hat Hansi gesagt? Sie wirft einen Blick auf die Adresse in Uffeln, die er ihr diktiert hat. Das ist doch direkt neben der Eisdiele. Ein Cappuccino in der Eisdiele und anschließend zu Benedikt. Gut, dass sie darauf bestanden hat, mit dem Fahrrad zum Adria zu fahren. Das Rad muss noch vor dem Restaurant stehen, oder? Darum kümmert sie sich jetzt mal als Erstes. Und was ist mit Bruno Ganz? Ach, was soll's. Wer war zuerst verschwunden, er oder sie?

19

Benedikts Wohnung, sehr groß und sehr voll gestellt, wirkt düster. Offenbar hat der Bewohner nicht viel von dem weggeräumt, was seine Tante zusammengetragen und überall verteilt hat. Das können doch nicht alles seine eigenen Sachen sein. Nur der ausladende Esstisch in der Mitte des Wohnzimmers, in das Benedikt Anne ohne zu zögern geführt hat, ist leer bis auf einen großen Kerzenleuchter in der Mitte. An den Wänden hängen schöne alte Bilder, eins davon, das Anne sofort fesselt, zeigt einen Strand mit einer Pier und vielen altmodischen Strandkörben. In Öl. Offenbar ein Ostseestrand. Das Bild muss schon hundert Jahre alt sein, falls es zu der Zeit schon Strandkörbe gab.

Überall stehen Gegenstände aus Zinn herum, auf einem großen und einem kleinen Schrank ebenso wie auf den Beistelltischchen. Und wozu braucht der Mann vier große Sessel? Die Fenster sind verhängt von graugelben, schweren Stores, die wenig Licht durchlassen.

Horst, dessen Korb ebenfalls im Wohnzimmer steht, bellt laut, als Benedikt mit Anne Schall das Wohnzimmer betritt.

„Schon gut, Horsti", sagt Anne. Benedikt und Horst sehen sie überrascht an. Der Hund hört auf zu bellen.

„Nehmen Sie doch Platz." Benedikt räumt ein paar alte Zeitungen von einem Stuhl.

Heute trägt er zu der grauen Hose eine beigefarbene Strickjacke und an den Füßen Schlappen. Sieht jetzt schon eher wie ein pensionierter Beamter aus, denkt Anne.

„Was führt Sie zu mir?" Benedikt setzt sich ihr gegenüber an den Tisch.

„Was ist mit dem Mädchen?", fragt Anne.

Benedikt antwortet nicht.

„Ich meine, wo haben Sie Ihre Puppe?", versucht sie es noch einmal.

Der Mann steht auf, geht in die Küche und kommt mit einer Kanne dampfenden Tees wieder. Vorsichtig stellt er sie ab und nimmt aus dem großen Wohnzimmerschrank zwei Tassen heraus.

Sammeltassen mit unterschiedlichen Motiven und Farben. Wann hat sie zum letzten Mal aus solch dünnem Porzellan getrunken? Bei Tante Änne? Als Mädchen hatte sie auch immer welche sammeln wollen. Seitdem hat sie ganz vergessen, dass es so etwas gibt. Für einen Augenblick vertieft sie sich in das filigrane Muster auf ihrer Tasse und in die unterschiedlichen Farbtöne, die zusammen ein durchsichtig leuchtendes Rostbraun bilden.

„Von meiner Tante, von Tante Simone, ja." Benedikt gießt ihr vorsichtig von dem duftenden Getränk ein.

Anne lehnt sich entspannt in ihrem Stuhl zurück. Es ist warm im Raum, von draußen hört man die Vögel zwitschern, obwohl das Fenster geschlossen ist, im Augenblick übertönen sie sogar noch die Autos, die über die Weserbrücke fahren. Ihre Haut fühlt sich immer noch warm und durchblutet an. Wenn sie es nicht besser wüsste, könnte sie sich einbilden, dass sie die intensive Berührung von ein paar Stunden zuvor noch sehen kann.

„Wissen Sie", sagt Benedikt nach einer Weile, in der sie beide schweigend ihren Tee getrunken haben und Anne allmählich ihren Widerstand gegen die Stille im Zimmer aufgegeben hat, „diese Puppe, die Puppe aus meiner Brücke. Maria. Sie kennen sie?"

Anne nickt.

„Ich habe sie gefunden. Im Winter, damals im Winter, ja."

Anne setzt sich im Stuhl auf und stellt ihre Tasse hin. Ja richtig, die hatte ja auch einen Nikolausmantel an. Sie unterdrückt ein Lächeln.

„Sie lag am Ufer, am Ufer. Dort, bei der Brücke." Benedikt schweigt eine Weile und Anne wartet.

„Sie war nicht ... Äh ... sie hatte nichts an. Nur den Mantel. Es war Winter, ja, Dezember. Es war kalt."

„Und dann haben Sie sie unter die Brücke gebracht. In die Nische", sagt Anne vorsichtig.

„Ich habe sie geborgen."

Anne nickt. Er findet eine Schaufensterpuppe und bringt sie ins Trockene. Viel wärmer kann es da allerdings auch nicht gewesen sein. „Hätten Sie die Puppe nicht auch hierher bringen können, in Ihre Wohnung? Warum zur Brücke?"

„Ich habe kein Auto mehr“, sagt Benedikt. „Früher, ja, früher, da bin ich ...“

Ja, natürlich. Er kann sie nicht in einen Kofferraum laden. Und wie soll er eine Schaufensterpuppe zwei Kilometer weit die Landstraße entlang tragen? Aber er muss doch seine Sachen auch irgendwie in die Brückennische geholt und wieder in seine Wohnung transportiert haben. Die Tagebücher, den Koffer. In der Nische war ja jetzt nichts mehr ... Aber dafür kann man schließlich ein Taxi nehmen, ein Koffer fällt nicht so auf, wie eine Schaufensterpuppe in den Kofferraum eines Taxis zu legen oder gar auf die Rücksitzbank des Autos zu setzen. Anne ist schon wieder versucht, laut und albern zu lachen, aber sie lässt es, als sie sein trauriges Gesicht anschaut. Für den Mann ist all das heiliger Ernst.

„Und woher ist die Puppe? Wie ist sie damals, im Winter, ans Weserufer gekommen?“

Benedikt zögert. Sein Blick geht zum Fenster und kommt nach einer Weile wie aus weiter Ferne zurück. „Maria? Maria ist aus Vlotho. Sie war in dem Damengeschäft. Lange Straße. Das hat jetzt geschlossen. Ich hab sie oft gesehen, Maria.“

„Ist denn in das Geschäft eingebrochen worden? Also: Ist die Puppe verschwunden, gestohlen worden, oder so?“

„Nur die Puppe fehlte.“ Benedikt streicht sich müde über die Augen.

„Moment mal eben: Man hat etwas aus dem Geschäft gestohlen. Und nur die Puppe lag später am Weserufer? Sonst nichts aus dem Laden?“

„Man hat sie weggeworfen.“

„Und Sie haben sich um sie gekümmert. So war es doch, oder? Sie haben sie aufgehoben und in die Brücke gebracht. Sie haben sie also gerettet. Machen Sie das öfter? Vielleicht auch mit jungen Mädchen?“

Benedikt sieht sie ruhig an. „Kennen Sie Delvaux?“

„Ein Schriftsteller?“

Benedikt schüttelt den Kopf.

„Den Namen habe ich schon gehört. Oder war das ein Maler, ein französischer Maler, richtig? Hört sich jedenfalls so an.“

„Weiße Gestalten im Dunkeln.“ Benedikts Blick verliert sich an der Wand. „Weiße Puppen, ja, in einer dunklen Welt.“

„Diese Gestalten, äh Puppen, sie sind in den Bildern? Der Delvaux malt also nackte Mädchen in seine Bilder? Und das sind junge, unschuldige Wesen. So was wie Heilige?“

Benedikt sieht sie schweigend an.

Anne hält einen Moment inne. Sie trinkt ihren Tee und schaut ruhig im Zimmer umher. An den Wänden hat der keine modernen Bilder. Auch nichts, was nach einem Delvaux aussieht. Da hängt wahrscheinlich noch das, was Tante Simone schön fand.

Weiße Gestalten, weiße Puppen, Unschuld in einer dunklen Welt, sinniert sie. Das ist doch krank, oder? Müsste der nicht als Lehrer einen etwas anderen Realitätssinn haben?

„Und Sie wollen diese Unschuld bewahren? Sie erhalten? Bei Puppen? Oder auch bei Menschen? Müssen die denn tot sein, Ihre Puppen? Oder sind sie schon tot? Hat jemand sie getötet? Sie vielleicht?“

Benedikts Hände gehen jäh zu seinen Ohren, aber er nimmt sie gleich wieder herunter und schüttelt energisch den Kopf. „Tot sind sie nicht. Nicht gestorben. Sie, leben immer, leben in allen weiter“, sagt er gedankenverloren. „Da ist kein Unterschied, kein Unterschied zwischen Leben und Tod. Nicht für die Fürsprecher, die Fürsprecher der Menschen bei Gott.“

Oh, nein! „Herr Benedikt ...“ Anne steht auf und läuft ein paar Schritte im Zimmer auf und ab. Fast bricht ihr schon wieder der Schweiß aus. In diesem Zimmer ist es heiß, ohne dass die Vorhänge die Sonne durchlassen. „Im Wald hier in der Nähe ist ein Mädchen gestorben. Sie wissen das. Und Sie leben nicht sehr weit davon entfernt. Sie waren mit Horst alleine an der Brücke und später hier in Ihrer Wohnung. Kann das jemand bestätigen?“

Helmut schüttelt wieder bedächtig den Kopf.

„Es handelt sich um ein sehr junges Mädchen. Vielleicht haben Sie ja nichts damit zu tun. Aber wie sollen wir das glauben? Diese Mädchen, Puppen vielmehr. Es wäre wirklich besser, wenn ich etwas mehr wüsste, als Sie mir im Augenblick sagen.“

Benedikt nickt und Anne setzt sich wieder hin.

„Fürsprache für den Menschen in Bedrängnis bei Gott. Schutz für den Bedrängten, bis zur Aufgabe des eigenen Lebens." Der Mann schließt die Augen.

Oh Gott, denkt Anne. Der ist ja wirklich durchgeknallt. Fürsprache für wen? Schutz? Wer wird beschützt? Kann so ein Spinner etwas mit einem Mord oder Totschlag zu tun haben? Obwohl, ist alles schon vorgekommen. Gerade bei so harmlos wirkenden Leuten. Bringt Schaufensterpuppen in Sicherheit. Ich glaube, es hackt bei dem. Und mir reicht es jetzt. Sollen sich die Kollegen darum kümmern. Die können ja einen Psychologen hinzuziehen. Hab ich nun Urlaub oder nicht? Sie fächelt sich mit der Hand Luft zu und nimmt energisch ihren Rucksack auf. Als sie auf dem Weg zur Tür ist, klingelt es.

„Schweiger, Kriminalpolizei und dies ist mein Mitarbeiter, Marc Willems. Guten Tag, Herr Benedikt."

Anne hat sich wieder auf ihren Stuhl am Esstisch fallen lassen und sieht den beiden entgegen, die von Benedikt zum Wohnzimmer geführt werden.

An der Tür bleibt Schweiger stehen und starrt sie einen Augenblick lang überrascht an.

„Hi, ich wollte auch gerade gehen." Anne greift ihren Rucksack zum zweiten Mal und bewegt sich zur Tür.

„Bleiben Sie doch da, Frau Kollegin", sagt Ernst Schweiger eisig. „Dürfen wir erfahren, was Sie mit Herrn Benedikt zu besprechen haben?"

„Ich rufe nachher an, okay?", Anne beschleunigt ihre Schritte zur Tür.

Marc Willems' Blick geht misstrauisch zwischen Anne und Ernst hin und her. Der wird doch nicht schon wieder? Heute Morgen hat er ihm von der merkwürdigen Brückennische erzählt und von der Zeugin in Uffeln, die einen Mann und ein Mädchen gesehen haben soll.

„Wir müssen unbedingt nach Paderborn, mit den Eltern des Mädchens sprechen", hatte Marc zu Ernst gesagt, als er mit seinem Bericht über die Befragung der Mutter fertig war.

„Wieso, das haben doch schon die Paderborner gemacht", sagte Ernst, der bis dahin nur geistesabwesend gemurmelt, in seinem Conrady geblättert und ständig gegähnt hatte.

„Ja, schon", Marc wusste natürlich auch, dass die Paderborner Kollegen die Befragung der Zeugen vor Ort übernommen hatten, aber trotzdem: „Ich habe da kein gutes Gefühl. Wir haben doch den Vater noch gar nicht gesprochen, und über das Zimmer haben die Kollegen auch nicht viel zu berichten gehabt. Marc ging zu seinem Schreibtisch zurück und blätterte in dem Bericht der Paderborner Kollegen.

„Lydia Mewes, 14 Jahre alt, lebte in einem Zehn-Quadratmeter-Zimmer, zusammen mit der Schwester Alina, 9 Jahre alt. Besitz: Schrank, Doppelcouch, kleiner Schreibtisch, einige Jugendbücher in den Regalen. Kein Tagebuch, keine persönlichen Aufzeichnungen."

Ernst sah Marc an. „Hört sich wirklich merkwürdig an. Ein Mädchen in dem Alter führt doch Tagebuch. Oder hat solche Poesiealben, Klassenalben oder so etwas. Die schreiben doch ständig was. Garantiert nicht nur in ihre Schulhefte."

Dann klingelte das Telefon und Ernst stürzte sich darauf, noch bevor Willems überhaupt Anstalten machen konnte, abzuheben. Normalerweise ist doch für so einfache Aufgaben wie Telefonieren der Assistent zuständig, wunderte Marc sich.

Es waren die Kollegen aus Vlotho, die Streifenpolizei. Jemand hatte gestern in den Nachmittagsstunden einen Mann gesehen, der am Weserufer eine Schaufensterpuppe abgelegt hatte. Der Zeuge saß noch bei der Polizei. Der Mann, den er beobachtet hat, habe die Puppe vorsichtig ins Gras gelegt und sorgsam mit einer Wolldecke zugedeckt. Das Zudecken sei dem Zeugen seltsam vorgekommen und er habe sich lieber bei der Polizei gemeldet.

„Wie sah der Mann aus?", fragte Ernst am Telefon. „Wie alt war er, was hatte er an? War er alleine da?"

„Er hatte einen Hund dabei, sagt der Zeuge." Der Polizeibeamte am Telefon war sehr beflissen. „Einen schwarzen, Rasse unbekannt, mittelgroß."

„Lassen Sie sich bitte den Mann genau beschreiben und machen Sie ein Protokoll", sagte Ernst und legte den Hörer auf. „Da haben wir ihn", meinte er, plötzlich munter geworden. „Und jetzt werden wir ihn uns mal vorknöpfen."

„Hä? Worum geht's? Wen denn vorknöpfen?" Marc schlug den Bericht wieder zu.

Und dann hatte ihm Ernst Schweiger eine merkwürdige Geschichte erzählt. Von einem Hohlraum in einer Brücke und Schaufensterpuppen. Und welche Rolle spielte die skurrile Alte dabei, die allein in einer Hütte mitten im Wald lebte? Das würde er auch noch herausfinden, dachte Marc. Erstaunlich nur, dass sie schon wieder auftauchte, und zwar ausgerechnet bei dem Tatverdächtigen Helmut Ansgar Benedikt.

„Würden Sie bitte noch einen Augenblick dableiben?" Schweiger spricht in einem sehr sachlichen Ton mit Anne Schall und die lässt sich wieder auf ihren Stuhl fallen.

Der Kommissar wendet sich Benedikt zu: „Haben Sie gestern am Weserufer, in der Nähe der alten Eisenbahnbrücke, eine Schaufensterpuppe abgelegt?"

Benedikt nickt.

„Und wo waren Sie am letzten Samstag?"

Während Ernst Schweiger Benedikt befragt, bewegt sich Marc Willems unauffällig in Richtung Flur. Horst hebt den Kopf und fängt an zu knurren. Die Kommissarin geht zu ihm hinüber und lässt sich neben seinem Korb nieder. Vorsichtig schließt Marc die Wohnzimmertür hinter sich und fängt dabei Annes Blick auf. Du wüsstest wohl gerne, was ich jetzt vorhabe, was?, denkt Marc und bewegt sich leise vorwärts.

In dem langen, düsteren Flur sind alle Türen fest geschlossen. Welche führt wohl ins Badezimmer? Aufs Geratewohl öffnet er die erste auf der linken Seite. Die Küche. Die nächste Tür bitte.

Der Raum ist hell. Keine Gardinen an den Fenstern, lichtdurchlässiges Pergamentpapier ist an die untere Hälfte der Scheiben geklebt und verhindert einen freien Blick von außen in das Zimmer. Marc erstarrt. Viele Augenpaare aus unbewegten Gesichtern starren ihn an. An den Wänden, unter dem Fenster und sogar in der Mitte des Raumes stehen Liegen und Betten. Auf allen liegen

Puppen. Keine Menschen, wie Marc im ersten Moment dachte. Schaufensterpuppen, aufblasbare Gummipuppen, sogar eine Kleiderständerpuppe kann er erkennen und daneben, das ist wohl eine Stoffpuppe in Lebensgröße. Alle trotz der Hitze sorgfältig zugedeckt. Bis zum Hals. Eine Puppensammlung. Oder vielleicht ein Puppenfriedhof? Der Raum erinnert so ein bisschen an eine Leichenhalle. Jedenfalls an das, was er sich früher immer unter einer Leichenhalle vorgestellt hat, nicht die großen Schubfächer, in die heutzutage die Körper in der Gerichtsmedizin verstaut werden.

Es ist sehr still, und ein etwas künstlicher Geruch liegt in der Luft, Plastik. Warm gewordenes Plastik. Plötzlich wacht Marc aus seiner Erstarrung auf. Er bewegt sich rückwärts zur Tür, ohne die Puppen aus den Augen zu lassen und schließt sie schnell wieder, als müsse er verhindern, dass ihm eines von den unheimlichen Wesen hinausfolgt.

„Kommst du mal, Ernst?“, fragt er mit schwacher Stimme, als er wieder an der Wohnzimmertür angelangt ist.

20

„Wir haben bei Ihnen ein ganzes Zimmer voller Puppen gefunden. Ist das richtig? Ein Puppenfriedhof, eine Leichenhalle, oder was soll das sein?"

Helmut Ansgar Benedikt schweigt. Er schweigt schon, seitdem sie ihn hierher mitgenommen und seine Wohnung auf den Kopf gestellt haben. Was soll er sagen? Sie verstehen nicht. Sie können nicht verstehen, nein. Er versteht, dass sie das nicht verstehen. Er versteht es ja auch nicht.

Er hat das Kind nicht gesehen. Alles andere dürfen sie nicht wissen. Nicht, wie er den Mann gefunden hat. Er saß im Distelfeld. Horst kam nicht, kam einfach nicht wieder. „Horst, Horsti, wo bist du."

Horst saß bei dem Mann und schaute ihn an. Er hatte sich heiser gebellt und dann zu dem Mann gesetzt. Auf Helmuts Rufen antwortete er nicht. Aber Helmut weiß, wie Horst riecht.

„Herr Benedikt, wir werden Sie heute hier behalten, bis Sie uns das mit den Puppen erklären, ja? Und was Sie über das Mädchen wissen, interessiert uns noch mehr. Okay?"

„Wie wäre es mit einem Psychologen?", fragt Willems, als Benedikt in das Nebenzimmer geführt worden ist. „Ein psychiatrisches Gutachten bräuchten wir, oder?"

„Und was bringt uns ein Gutachten, wenn er der Täter ist?", fragt Ernst. „Erst mal wollen wir wissen, was er gemacht hat, verdammt noch mal. Erst mal müssen wir ihn zum Reden bringen, dann kann er den Quacksalbern das Ohr abnagen. Und außerdem werden wir ihn der Zeugin gegenüberstellen. Frau Vogel vom Hotel Karli in Uffeln. Kannst du die bitte mal anrufen?"

Marc fängt an zu wählen.

Ernst holt seinen Conrady aus dem Regal. *„Jedoch, wenn er aus ihrer Hand/Den leichten Becher nehmen sollte,/So war es beiden allzu schwer ..."* Die Frau hat ihm gefallen und dann muss sie sich so massiv in den Fall einmischen. War das wirklich nötig? Hätten sie nicht heute noch einmal einen schönen Abend miteinander verbringen können, wenn sie sich nicht gerade bei dem Hauptverdächtigen herumtreiben müsste? *„So war es beiden allzu schwer:/ Denn beide bebten sie so sehr,/ Dass keine Hand die andre fand/ Und dunkler Wein am Boden rollte."*

Als Ernst in diesem Moment von dem Hofmannsthal-Gedicht hochsieht, steht Anne Schall in der Tür. An der Leine hat sie einen schwarzen Hund. Benedikts Hirtenhund. Sie trägt immer noch ihre Sommerjeans und ein weites kariertes Hemd, bis zum Brustansatz aufgeknöpft, und ihre Haare sehen zerrauft aus. Sofort schiebt sich bei Schweiger ein anderes Bild darüber: braune Haut, eine weiche Brust, ein runder und zugleich fester Körper auf dem seinen ...

„Hi", sagt sie und sieht Ernst an. Horst bellt. „Ich hatte heute Morgen Infos von meinem Assistenten erhalten, deshalb war ich bei dem Benedikt."

Marcs Blick geht wieder vom einen zum anderen und wandert dann zu dem Hund. Er zieht seinen Drehstuhl ein bisschen nach hinten.

„Der beißt nicht."

„Hoffentlich weiß der das auch", antwortet Marc bissig. „Und warum haben Sie uns nicht über das informiert, was Sie über Benedikt ermittelt haben?"

Ernst sagt immer noch nichts. Eine Schönheit ist diese Waldfrau nicht, denkt er, wirklich nicht. Aber sie gefällt ihm nun mal. Sie ist ... ja, sie ist sehr lebendig, das ist es wohl. *„Dass keine Hand die andere fand/ Und dunkler Wein am Boden rollte."* Aber er kann Frauen nicht leiden, die sich überall einmischen und die er nicht in gebührendem Abstand halten kann, besonders von seiner Berufsarbeit ...

Anne schaut an dem jungen Beamten vorbei beschwörend auf Schweiger. „Also, wie gesagt: Ich habe erst heute Morgen erfahren, wo der Mann wohnt, und wollte ..." Ihr Gesicht ist gerötet, der Gesichtsausdruck nicht mehr ganz so sicher wie gewohnt. „Sie hatten heute Frühdienst?", fragt sie dann und macht einen Schritt auf Schweigers Schreibtisch zu.

„Bereitschaft", erwidert er. Aber weiter wird er ihr nicht entgegenkommen. Nichts wird ihn hinter seinem Schreibtisch hervorlocken. Marc wirft ihm schon wieder einen misstrauischen Blick zu. Was fällt dem eigentlich ein? Soll sich doch um seine eigenen Angelegenheiten kümmern. „Frau Schall, wäre es nicht besser, Sie würden Ihren Urlaub fortsetzen und uns hier unsere Arbeit machen lassen?“, entfährt es ihm.

„Schon recht.“ Anne zieht sich einen Stuhl an Ernsts Schreibtisch und sieht ihm in die Augen.

„Darf ich noch wissen, was Sie mit dem Benedikt vorhaben?“

Die Männer antworten nicht.

„Sie haben ihn also verhaftet? Liegt schon ein Haftbefehl vor?“

Anne hatte den Mittag auf der Straßenterrasse vor dem Eiscafé in Benedikts Haus verbracht und die Haustür nicht aus den Augen gelassen.

Die Männer von der Kriminaltechnik waren fast alle grinsend und lachend aus dem Haus herausgekommen. „Eine Wohnung voller Schnecken. Geil. Das gibt's doch nicht.“ Und noch ein paar weitere Scherze waren zu hören gewesen. Benedikt war an ihr vorbeigeführt worden, zum Wagen von Schweiger und Willems. Als er sie sah, hatte er die Beamten gebeten anzuhalten und ruhig zu ihr gesagt: „Horst ist noch oben. Würden Sie sich bitte um ihn kümmern?“

„Natürlich“, hatte sie geantwortet und am liebsten auch noch nach Maria gefragt. Sie biss sich auf die Zunge. Oben ließen die Beamten sie erst nach einigen Verhandlungen in die Wohnung.

„Gibt es Beweise?“, Anne schaut vom einen zum anderen. „Hören Sie, der Benedikt war das nicht, garantiert nicht. Der hat nichts mit dem Mädchen zu tun, trotz dieser Puppen und dem ganzen Kram. Ich habe mich heute Morgen und vorgestern längere Zeit mit ihm unterhalten. Der denkt, er sei, na ja, so was wie ein Heiliger. Wer weiß, vielleicht ist er das sogar. Ein Brückenheiliger. Hören Sie. Der will verletzlichen Wesen helfen. Das ist es. Er hält es für seine Aufgabe, sich um Weggeworfenes zu kümmern. Um hilflose Wesen, vielleicht speziell um Puppen, das kann doch sein. Mein Assistent in Bielefeld hat das gerade im Internet nachgeprüft. Ein Heiliger fühlt sich als Mittler zwischen Gott und dem Menschen. Er hat einen besseren Kontakt zu Gott als die normal Sterblichen. Die Menschen wenden sich um Hilfe an ihn und er setzt sich für sie ein. Dieser Heilige denkt sogar, er sei dazu da, sein Leben für andere zu lassen. *Ein Heiliger ist jemand, der bereit ist, sein Leben zu lassen, um einen anderen zu schützen*, das hat er selbst zu mir gesagt."

Anne hält einen Augenblick inne und schaut in die skeptischen Gesichter der beiden Kollegen. „Glauben Sie im Ernst, dass der jemandem was tut? Zuerst habe ich das auch gedacht, ich gebe es ja zu, aber inzwischen kenn ich ihn etwas besser." Anne hat sich in Hitze geredet. Sie schaut in zwei verschlossene Gesichter, Marc hat während ihrer kleinen Rede die Stirn gerunzelt, Schweiger hat ihren Blick gemieden.

„Er hat eine Puppe am Weserufer abgelegt. Sie lag in einer ähnlichen Stellung wie das Mädchen", sagt er jetzt.

Der junge Kollege schaut ihn an und wendet sich dann zu Anne. „Warum setzen Sie sich eigentlich für den Mann so ein?", fragt er und seine Stimme klingt misstrauisch.

Anne sieht ihn an. „Bitte, ich weiß nicht, welche Beweise genau gegen ihn vorliegen und was Sie noch in der Wohnung gefunden haben. Aber ich glaube, da ist nichts dran, wirklich nicht." Und nach einer Pause: „Ich gehe dann jetzt mal."

Ernst steht schnell auf und bringt sie zur Tür, während Marc ihnen misstrauisch nachsieht. Draußen versucht Ernst, den Arm um sie zu legen. „Sehen wir uns mal wieder?", fragt er, als sie außerhalb von Marcs Hörweite sind.

„Ich weiß nicht", sagt Anne müde.

„Schön wär's schon, oder?"

Anne nickt, aber sie ist mit ihren Gedanken woanders. Horst zerrt sie an der Leine in Richtung Treppenhaus. „Hör auf, Horsti!", Anne gibt aber nach und lässt sich langsam von dem Hund den Gang langziehen. Plötzlich bleibt Horst stehen, dreht sich um und zieht sie wieder zurück, Richtung Ausgang.

„Wir müssen uns die Eltern des Mädchens noch mal vornehmen", hört Anne Ernst sagen, als sie wieder an der halb offenen Bürotür vorbeikommen.

„In Paderborn? Ach, das haben doch wunschgemäß schon die Kollegen gemacht. Wir haben doch auch so genug zu tun, wenn wir den Benedikt morgen nicht wieder laufen lassen wollen, oder?“

Jetzt klingt Ernsts Stimme genervt. „Ich muss so bald wie möglich nach Paderborn. Ich habe ja noch niemanden aus dieser Familie gesehen. Wird wirklich allmählich Zeit.“

„Also keine Gegenüberstellung.“

„Später“, antwortet Schweiger. „Wir lassen den noch nicht raus, bis wir die Frau Vogel hier hatten. Also Gegenüberstellung morgen früh.“

21

Auf den Knien liegt ein junger Mann. Er hat das Kinn auf die Brust gesenkt und vier Hände liegen schwer auf seinem Kopf. Die Männer, denen diese Hände gehören, sitzen auf der Kante ihrer Stühle und beten laut um Gnade und Errettung aus aller Not, besonders für diesen Bruder, der jetzt zum Herrn zurückgefunden hat und seine Sünden bereut. „Es ist aber mehr Freude im Himmel über einen Sünder, der Buße tut ..."

Sie bitten, sie flehen zu Gott, während Tobias die Tränen auf die Brust tropfen und er vor allem die schmerzenden Knie spürt, die sich in den Boden zu bohren scheinen. Er ist das Knien auch wirklich nicht mehr gewöhnt, zu oft hat er die Gottesdienste in der letzten Zeit ausgelassen.

Aber er hatte es doch nicht mehr aushalten können. Seine Mutter stand in der Küche. „Tobias, Tobias, sag mir doch, was passiert ist. Ist es wegen Lydia? Du hast doch nichts damit zu tun, oder? Tobias, du kannst mir doch alles sagen!" Aber er war an ihr vorbeigestürzt. Er wollte nicht so enden wie sie, ausgestoßen aus der Gemeinschaft, in den Gottesdiensten und Bibelstunden nur noch geduldet, weil man sie offiziell nicht ausschließen konnte. Es lag ja kein triftiger Grund vor. Niemand konnte ihr den Ehebruch mit ihrem verheirateten Freund nachweisen. Die Hurerei, wie sie es nannten.

Aber er, er wollte doch mitten drin sein, wollte einmal in der Reihe der Ältesten sitzen und Brot und Wein austeilen und sonntags das Wort sprechen. Das hatte er sich schon als kleiner Junge gewünscht. Er wollte eine Familie gründen, Frau und Kinder sollten ihn am Sonntag in die Gemeinde begleiten. Eine heile Familie und keine halbe, wie er sie jetzt hatte. Und er konnte doch Mutter nicht sagen, was er getan hatte.

Deshalb musste er zu Bruder Meloch und den anderen Ältesten. Die mussten ihm helfen, er brauchte jetzt ihre Hilfe und ihren Schutz. Niemand konnte mehr erfreut sein über einen Sünder, der Buße tut, als die Brüder dieser Gemeinde.

22

Uffeln, Montag, 7. 8. 2005

Lieber Eugen und liebe Helene,

da ihr das Telefon nicht abnehmt, versuche ich über diesen Weg, euch zu erreichen.

Ich hoffe, euch geht es gut.

In den letzten Tagen sind hier, bei uns in der Nähe, merkwürdige Dinge passiert. In unserem Wald, im Buhn, nicht weit von meinem Haus entfernt, ist ein sehr junges Mädchen tot aufgefunden worden. Sie war ungefähr so alt wie jetzt unsere Lydia.

Ihr habt zwar schon vor langer Zeit den Kontakt zu mir abgebrochen, aber glaubt mir - ich denke noch viel an euch und die Kinder. Ich vermisse euch sehr, besonders Lydia, Alina, Jakob und Alex. Umso beunruhigender finde ich die Geschichte mit dem Mädchen im Wald. Wisst ihr etwas darüber? Ich habe gehört, dass das Mädchen aus Paderborn ist.

Bitte ruft mich an oder schreibt mir und sagt mir, ob es euch gut geht und was die Kinder machen.

Liebe Grüße
Olga

23

„Verdammt noch mal, Horst, lass das!" Anne hält abrupt an und zieht den Hund wieder auf die rechte Seite des Fahrrads. Gar nicht so einfach, mit einem Hund Rad zu fahren. Dabei hat Horsts Herrchen doch auch ein Fahrrad, oder? Sie kann froh sein, dass der Hund ihr so bereitwillig gefolgt ist. Aber wie lange soll es noch dauern, bis sie den Weg von Herford nach Hause geschafft hat, immerhin fast 20 Kilometer, wenn der Hund sie ständig in die Mitte der Straße zieht? Und der hat Bärenkräfte. „Aus Horst, aus! Horsti, Horsti", ruft sie jetzt laut, aber der Hund hört nicht auf zu bellen.

Warum zum Teufel hat sie heute nicht ihr Auto genommen? Mist. Sie hat einfach keine Lust, im Urlaub den Peugeot wieder aus dem Schuppen im Wald zu rangieren und rückwärts den Waldweg herauszufahren. Wozu macht man Urlaub! Sie sitzt sonst ständig im Auto, das reicht ihr schon. Und heute Morgen wusste sie wahrhaftig noch nicht, was an diesem Tag auf sie zukommen würde, einschließlich Horst und Herford. Heute Morgen! War das nicht der Morgen nach Bruno Ganz' Glanzleistungen in einem Einzelbett eines kleinen Provinzhotels? Und jetzt dies hier.

Wenn der Hund nicht mal bald rechts neben ihr und geradeaus läuft, wird sie den Borlefzener Kirchweg vor Einbruch der Dunkelheit nicht erreicht haben.

Und sie hat einfach keine Lust, im Dunkeln durch den Wald zu stapfen. Warum eigentlich ist sie zur Zeit so schreckhaft und mutlos? So kennt sie sich eigentlich nicht. Sie hat doch ihr Leben und ihre Launen fest im Griff, oder? Aber heute, das war schon ein bisschen heftig. Erst lieferte sie den seltsamen Brückenheiligen ans Messer, dann versuchte sie umgehend, ihn wieder herauszupauken. Ohne durchschlagenden Erfolg allerdings.

Erst verschwand sie mit einem attraktiven Mann in der Kiste und genoss das von ganzem Herzen, dann verdarb sie es sich gleich wieder mit ihm. Das heißt, Moment mal, so einfach kommt der jetzt nicht davon, auch wenn der gerade etwas genervt ist. Sie hätte sich eingemischt in laufende Ermittlungen! Na und? Das heißt, es war wohl mehr der Kleine, der sich auf den Schlips getreten fühlte. Ach, was soll's. Sie braucht nicht erst Hohlkopfs Urlaubsratgeber „Auch im Urlaub das Leben genießen" zu lesen, um sich eine schöne Zeit machen zu können und die Arbeit ganz und gar zu vergessen.

Sie hat auch gar keinen Bock mehr auf die Polizeispielerei. Eine Woche Urlaub hat sie ohnehin nur noch. Und jetzt muss sie sich ja auch erst mal um Horsti kümmern. Ihr Blick fällt wieder auf den Hund, der jetzt mit hängendem Kopf vor sich hintrottet. Schau an, man kann also auch manierlich neben einem Fahrrad auf einer Straße entlanglaufen.

Aber ihr tut schon der Arm weh von seinem Gezerre. Gut, dass sie keinen Hund hat. Sie könnte wahrhaftig keinen verkraften. Obwohl ... Aber was würde ein Hund dort oben in ihrem Wald machen? Wahrscheinlich die Rehe jagen, die der Verpächterfamilie gehören. Dann würde es ständig Ärger geben. „Nein, nein, Horsti, das lassen wir mal!", sagt sie energisch. Aber Horst schaut nicht einmal mehr hoch. Als sie ihn jetzt mit gesenktem Kopf weiter vor sich hintrotten sieht, muss Anne lachen. Von Uffeln nach Herford und ein paar Stunden später den ganzen Weg zurück! Offenbar ist nicht nur sie jetzt kaputt.

Als Anne eine halbe Stunde später von der Landstraße in den Borlefzener Kirchweg einbiegt, fängt es schon an zu dämmern. Sie wirft einen Blick auf ihre Armbanduhr. Halb zehn erst, aber im Wald wird es ja immer eher dunkel. Sie steigt vom Fahrrad und schiebt es langsam den Berg hinauf. „Hund, jetzt könntest du dich doch mal als nützlich erweisen und mir das Rad hochziehen, oder?" Aber Horst schaut sie nur mit seinen unergründlichen braunen Augen in dem schwarzen Gesicht an und schweigt. Ist er beleidigt?

Plötzlich fängt er an, laut zu bellen. Anne schaut besorgt zu dem alten Forsthaus hoch, das sie gerade passieren. Sie will schließlich nicht die ganze Nachbarschaft auf sich aufmerksam machen. „Aus jetzt", Anne zieht etwas an der Hundeleine, wobei wieder das Rad ins Schlingern gerät. Horst bellt weiter.

„Was ist denn bloß los?", Anne legt ihr Rad an die Straßenseite und hockt sich neben den Hund. „Bist kaputt jetzt, Horsti, stimmt's? Aber wir beide, wir schaffen auch noch das letzte kleine Stückchen, okay?" Sie streichelt ihm über den weichen Kopf und redet auf ihn ein, bis sich seine Unruhe etwas legt und er sich an ihre Beine schmiegt.

Als sie oben auf dem Berg in den Waldweg einbiegen, der zu Annes Haus führt, bleibt Horst stehen, wittert und knurrt dann. Plötzlich stürzt er los, reißt Anne die Leine aus der Hand und rennt zwischen den Bäumen durch. Oh Gott, bestimmt ein Reh, sie muss den Hund einfangen, bevor er sich auf das fremde Tier stürzt, und ein Jäger oder der Förster ihn erwischt. Sie wirft ihr Fahrrad auf den Weg und spurtet hinter dem Hund her in den dämmrigen Wald hinein.

Horsts Bellen entfernt sich eine Weile und bricht dann plötzlich ab. Um Anne herum ist der Wald schon fast dunkel. Sie geht langsam weiter und hält sich die Körperseite ... „Puh ...", Seitenstechen.

Wo soll sie jetzt nach diesem Hundevieh suchen? Sie kann kaum noch etwas sehen. Ein letzter, fahler Lichtstrahl geht durch die Bäume. Im Laub raschelt es, und der Weg unter ihren Füßen knackt. Was ist das? Ein merkwürdiges Geräusch, ein Schleifen, dann wieder das Rascheln von Blättern. Anne bleibt stehen und schaut angestrengt in den kleinen Abschnitt Kiefernwald hinein, der jetzt merkwürdige Schatten wirft.

„Horst, Horst", ruft sie, aber der Hund scheint zu weit weg zu sein, um sie zu hören.

Als sie langsam, Schritt für Schritt weitergeht, knackt es unter ihren Füßen laut: Zweige und Blätter, beruhigt sie sich selbst. Aber was ist das für ein Geräusch hinter ihr? Läuft da jemand?

„Hallo, Hallo, ist da jemand?", ruft Anne. In diesem Moment springt vor ihr etwas aus dem Gebüsch auf den Weg, und sie wird von einem Lichtstrahl voll ins Gesicht getroffen. Anne zuckt zusammen, ihr Kopf geht zur Seite, die Augen weichen dem grellen Schein aus. Ein Schreckenslaut entfährt ihr. Als sie ihren Blick wieder auf den Weg richtet, sieht sie schemenhaft Schultern und

Hosen, die kurz über dem Knie enden. Der Mann kommt auf sie zu. Oder steht er da und wartet, bis sie da ist? Das kann er haben. Sie zögert keine Sekunde mehr. Sie rennt los, rennt auf ihn zu und gibt ihm von vorne einen kräftigen Stoß, sodass er mit einem dumpfen Schlag auf dem Boden aufkommt.

Der Mann schreit schmerzerfüllt auf und versucht, wieder auf die Füße zu kommen.

„Horst, Horst, komm her!" Anne stürzt sich auf den Mann und schlägt heftig mit den Fäusten auf ihn ein. Endlich kommt auch der Hund aus dem Wald gelaufen. Er bleibt stehen und beobachtet das Geschehen schweigend. Während sie den Hund an ihrer Seite wahrnimmt, hört Anne das dumpfe Aufprallen ihrer Boxhiebe. Schließlich lässt sie von ihm ab und fällt erschöpft auf den Waldboden neben Horst. Horst rennt an die Seite des Mannes, der mit geschlossenen Augen bewegungslos auf dem Boden liegt, und fängt an zu bellen.

Anne ist immer noch wütend, sie keucht hörbar und ihre Fäuste sind weiterhin geballt, selbst jetzt, als sie ihre Beine ausstreckt und den Schmerz in den Armen und Händen wahrnimmt. Als sie auf den „Nachtwanderer" eingeschlagen hat, hat sie das kleine, hilflose Mädchen gesehen, das nicht weit von hier mit ausgebreiteten Haaren auf dem Waldboden gelegen hat. Und sie hat an die ältere Frau aus Lämershagen gedacht. Mit jedem Schlag auf seine Schultern und seine Arme hat sie die Erinnerung an die Vergewaltigung der Frau abgearbeitet.

Und all ihre lang aufgestaute Wut auf Männer. Anne hat schon zu viele Geschichten gehört und zu viele schlimm zugerichtete Frauen und Mädchen gesehen: Zu viele Opfer von Männern.

Der Schweiß läuft ihr über das Gesicht, aber sie ist froh. Jetzt geht es ihr gut. Erleichterung. Wer immer er ist, er hat eine Tracht Prügel verdient, wenn er sie nachts im Wald erschreckt. Anne beugt sich über ihn und hört, dass er regelmäßig atmet. Als er versucht, sich aufzurichten, drückt sie ihn mit beiden Händen auf den Boden zurück. Der Typ hat die Augen aufgerissen und schaut Anne und den Hund, der sich jetzt ebenfalls aufmerksam über ihn beugt, entsetzt an.

„Horsti, Horsti, fein, du passt mal auf den auf, während ich telefoniere. Okay?"

„Die hat mich angegriffen, die wollte mich umbringen", schreit der Mann in Wanderkleidung immer wieder, als ihn die Beamten aus dem Wald holen. Er kann wegen seiner wahrscheinlich gebrochenen Rippen so schlecht laufen, dass sie nach einer Weile doch einen Notarztwagen bestellen müssen.

Wieder wird die Ruhe in dem Waldstück durchbrochen, fährt ein Wagen durch die Bäume und tragen Männer eine Trage in den Wald.

„Was ist passiert?", Schweiger hat Anne beiseite genommen, und sie gehen gemeinsam zu ihrem Haus.

„Ich fürchte, ich habe dem eine Tracht Prügel verpasst, die nicht nur für ihn bestimmt war", antwortet Anne und streicht sich verlegen das Haar in die Stirn.

Ernst grinst. „Wo kommt der Typ plötzlich her?" Schweiger hatte den Verletzten nach Papieren gefragt, der konnte aber keine vorweisen.

„Keine Ahnung, der kam aus dem Wald gestürzt. Horst hat ihn wohl aufgeschreckt."

„Und was ist das da drüben?" Der Kommissar deutet auf einen schmalen, länglichen Schuppen, der am Ende des Waldweges, noch hinter Annes Häuschen steht.

„Das ist mein Schuppen. Besser gesagt, meine Garage. Ich stelle da immer mein Auto ab. Wenn ich hier in meiner Hütte bin, nehme ich es nur, wenn ich es nicht vermeiden kann."

„Aha", sagt Ernst Schweiger und kämpft sich wieder einmal mit seiner guten Leinenhose durch unwegsames Gelände, schiebt Zweige beiseite und stapft schließlich auf den Schuppen zu.

„Da ist nichts drin, außer meinem Wagen", ruft Anne hinter ihm und stolpert im Dunkeln über Baumwurzeln und Äste hinter dem Kollegen her.

Schweiger leuchtet mit seiner Taschenlampe in die geräumige Garage hinein. „So", sagt er und lässt sich ohne Rücksicht auf seine Hosen auf die Knie nieder.

Hinter der Tür liegt neben einer halb aufgeblasenen Luftmatratze mit einer verknüllten Wolldecke ein roter Rucksack. Schweiger zieht sich Handschuhe über, reißt die Schnur des Rucksacks auf und schüttet seinen Inhalt kurzerhand auf den Boden der Garage. Nach einem Block, einer Jeans und einem Pullover, einem Bleistift und einer Tüte mit Brötchen fischt er eine alte Lederbrieftasche aus den Sachen. Er fängt an, in den Papieren herumzublättern.

„Dann treibt der sich jetzt also doch hier herum!", sagt Anne plötzlich. Sie hat bisher schweigend und mit verschränkten Armen zugeguckt. „Hab ich's nicht die ganze Zeit schon geahnt! Kein Wunder, dass mir der Wald nicht mehr geheuer war!"

Schweiger, der den Inhalt des Rucksacks kurz in Augenschein genommen hat, sieht sie fragend an und zieht sich die Handschuhe wieder aus.

„Wir hatten vor einigen Wochen einen Vergewaltiger in Bielefeld. Der hat eine Frau in Lämershagen erwischt. War bisher nicht ermittelbar. Er war als Wanderer verkleidet, mit einer Kniehose, also so einer, die man auf Knielänge verkürzen kann. Und er hatte einen Wanderrucksack dabei."

„Und vor dir hat er wahrscheinlich das Mädchen getroffen", sagt Schweiger nachdenklich. „Aber wieso ist der immer noch hier? Der müsste doch Angst haben, sich in der Nähe des Tatortes aufzuhalten."

„Beinahe hätte er mich auch noch erwischt. Aber mich zu kriegen ist natürlich nicht ganz so einfach wie ein kleines Mädchen. Das Kind ist aber doch nicht vergewaltigt worden, oder?", vergewissert sie sich dann.

„Nein", sagt Schweiger geistesabwesend. Er richtet sich auf. „Wieso haben meine Leute das Versteck von dem nicht gefunden?"

„Sie haben doch gar nicht in die Garage geguckt!" Anne denkt daran, wie Willems an dem Abend ins Dunkle gestarrt hat, aber keine Anstalten machte, den Schuppen zu untersuchen

„Wie soll man mit solchen Leuten überhaupt arbeiten", Schweiger wird allmählich sauer. „Mal gut, dass du den Hund hattest", besinnt er sich plötzlich und zieht Anne leicht an sich. „Und die Tracht Prügel konnte der wahrscheinlich auch auf jeden Fall gebrauchen", die letzten Worte sagt er in ihr Haar.

„Horsti? Meinst du vielleicht, der hätte einen Finger gekrümmt? Zugeguckt hat er, der Blödmann. Wahrscheinlich wäre der hinterher mit dem Wanderer mitgegangen, wenn der mich erledigt hätte!" Schweiger lacht und lässt sie plötzlich los, sodass sie ein wenig taumeln muss.

„He, was soll das? Macho!", sagt Anne, als sie wieder festen Halt unter den Füßen hat.

„Oh, Entschuldigung."

Sie muss lachen. „Oh Entschuldigung", sagt ihr Zahnarzt auch immer in diesem Ton, wenn er mit dem Kältetest einen lebenden Nerv nachgewiesen hat. „Hast du Lust auf einen Tee oder ein Glas Wein?"

„Geht leider nicht. Der Kollege wartet. Ich habe ihn mitgenommen."

„Darf er denn nichts wissen?", neckt Anne ihn.

„Muss ja nicht sein. Ich könnte allerdings später wiederkommen, wenn ich den Kollegen zu Hause abgesetzt habe ..."

„Hierher? Äh ... zum Übernachten, ich meine, äh ... Schlafen?"

Ernst lacht.

Anne schaut an ihm herunter. „Du bist ja ganz schön elegant gekleidet heute", sagt sie. „Der Beamte am Telefon sagte, du wärest auf dem Weg nach Paderborn, um die Eltern des Mädchens zu sprechen."

„Ja, in der Tat", sagt Schweiger, „allerdings hatte ich vorher noch eine andere Verabredung. Aber das muss ich nun alles verschieben, müssen erst mal sehen, wer uns da ins Netz gegangen ist."

„Ich glaube, das ist nicht so eine gute Idee mit dem Schlafen hier", sagt Anne und gähnt. „Ich bin ganz schön kaputt jetzt. Und außerdem ..."

„Tja dann ..." Schweiger hängt sich seine Jacke über.

Anne umarmt ihn noch einmal, streicht ihm schnell über den Rücken, dreht sich um und schließt die Tür auf.

In der Hütte schleudert sie ihre völlig verdreckten Sandalen von den Füßen, öffnet die Fensterläden und alle Fenster weit und lässt die warme Sommernacht herein. Insekten umschwirren ihre Flurlampe. Sie kümmert sich nicht darum, lässt die Kleidung um sich herum auf den Boden fallen, geht nackt und barfuß auf ihre Terrasse und breitet die Arme aus. Unten im Tal mischt sich das Licht von vielen kleinen farbigen Lämpchen, die die Camper an ihren Wagen und Hütten aufgehängt haben, mit dem warmen Schein der Kugellampen, die überall auf den Wegen des Campingplatzes und am Ufer des Badesees stehen. Ein kleines Boot fährt über den See. Anne kann es sehen, weil die beiden Ruderer zwischen sich Kerzen aufgestellt haben, die langsam auf dem Wasser herumtreiben. Sie atmet kräftig ein und aus. Nachtluft. Schmerzende Hände und neue Freiheit.

Dann geht sie wieder ins Haus und unter die Dusche. Immer noch stehen die Fenster weit offen. In der Küche frisst Horst gekochtes Fleisch aus einer Schüssel auf dem Boden. Als er fertig ist, rennt er auf die Terrasse und bellt den Mond an.

Im Traum ist Anne mit einem Mann alleine in einem kleinen Zimmer. Sie umarmt den Mann und legt ihre Hand in seinen Nacken. Er streichelt über ihren Rücken und küsst sie. Dann lässt er sie los und fängt an, sich auszuziehen. Anne streicht ihm über seine nackten Oberarme. Wie dünn sie sind. Viel zarter, als sie gedacht hatte. Er flüstert ihr vulgäre Bemerkungen ins Ohr, die Anne zurückschrecken lassen. Ist er doch nicht der, für den sie ihn gehalten hat? Ist er doch ganz anders? Ihr Gefühl des Vertrautseins lässt nach.

„Das ist ja alles sehr überraschend mit uns", sagt er in diesem Moment und zieht sie wieder zu sich heran.

„Du weißt doch, wie lange es schon so bei mir ist", antwortet Anne erstaunt. Sie denkt an die ersten Begegnungen mit diesem Mann. Wie leicht sie sich gefühlt hatte, in seiner Gegenwart. Während sie sich lieben, geht die Tür auf und das Licht an. In der Tür stehen Annes Kinder – Katharina und Niklas.

Anne und der Mann liegen im Kinderzimmer.

„So geht das nicht weiter“, sagt Anne. „Ich habe ja nicht einmal ein eigenes Zimmer in meiner Wohnung.“

An dieser Stelle des Traumes wacht sie von einem heftigen Stoß an ihren Füßen auf. Sie schreckt hoch, streckt ihre Beine aus und setzt sich auf. Horst, am Fußende ihres Bettes, jault auf. Sie hat ihn mit dem Fuß am Kopf getroffen.

„Spinnst du?“, schreit Anne ihn an. „Geh gefälligst auf deinen Schlafplatz.“ Sie steht auf, um Horst ins Wohnzimmer zu bringen. Die Terrassentür steht immer noch sperrangelweit auf und Anne schaut in eine fremde Landschaft, der See im Tal ist im Dunkel versunken, der Wald an der rechten Seite kaum mehr als eine graue Wand.

24

Uffeln, Mittwoch, 7.8.2005

Liebe Helene,

vielen Dank für deinen Brief. So ist es also wahr, was ich nicht wahrhaben wollte: Es ist unsere Lydia. Unser Mädchen, erst vierzehn Jahr alt, ist tot. Ich möchte verzweifeln.

Verflucht noch mal, Eugen, warum hast du sie in all der Zeit nicht einmal zu mir gelassen? Sie wollte zu mir. Sie hat mir Briefe geschickt, ob sie mich mal besuchen dürfe. Und sie hat manchmal mit mir telefoniert. Das habt ihr nicht wissen dürfen, ihr hättet sie dafür schlecht behandelt!

Ihr habt sie nicht hierher gelassen und mich nicht mehr zu euch. Jetzt ist das Kind tot. Und ich habe sie nicht mehr sehen können und werde sie nie mehr sehen.

Verdammt noch mal, Eugen, du bist mein Bruder, aber das gibt dir nicht das Recht, mein Leben als freie Frau hier in diesem gelobten Land zu verurteilen, in das du so gerne wolltest, und mir diese Kinder vorzuenthalten.

Und du hast auch kein Recht, über meine Moral und meinen Lebenswandel zu urteilen. Ich habe studiert und einen guten Beruf ergriffen. Das hast du dir früher für deine Kinder doch auch gewünscht! Auch für die Mädchen! Warum können sie nur im „Reiche Gottes" bleiben, wenn sie Socken anderer Leute stopfen oder ihnen das Essen kochen?

Mein Gott, warum glaubt ihr bloß, ihr hättet Gott für euch und euer Denken gepachtet? „Du kannst im Hause des Herrn nicht mehr geduldet werden", das waren deine anmaßenden Abschiedsworte. Ich sage dir, Eugen: „Im Hause des Herrn sind viele Wohnungen." So heißt es doch richtig, oder? Und jetzt liegt dieses Kind da alleine im Wald.

Und wenn ich tausend Mal meinen Mann verlassen habe, weil ich einen anderen liebte. Was war das für eine Ehe, die ich mit achtzehn Jahren in Kasachstan geschlossen habe? Solche Frühehen halten doch nur, wenn sich Leute so unterbuttern lassen wie ihr, in der Enge, in der ihr lebt. Kontrolle ist alles! Unfreiheit, klein halten, Angst erzeugen.

Und wenn ich zehntausend Mal eine Beziehung zu einem anderen Mann hatte, der selbst noch verheiratet war und sich auch niemals wirklich getrennt hat. Das gibt euch nicht das Recht, mich moralisch zu verurteilen. Dass ihr es tut, damit habe ich mich lange abgefunden. Auch damit, dass ich hier alleine lebe und meine Familie nicht mehr um mich habe, nicht einmal mehr besuchen darf. Und dass ich meinen großen Bruder Eugen verloren habe, mit dem mich trotz unseres Altersunterschieds so viel verbunden hat, damals. Bestimmt erinnerst du dich auch noch an die seltsame Abgeschlossenheit, in der wir groß geworden sind, der Druck, der von den Einheimischen kam, sich doch mehr anzupassen an die örtliche Kultur, und zugleich der Druck durch die Gemeinde, nur ja nicht das eigene Anderssein zu verleugnen. Der Zwiespalt, die Zerrissenheit, in der wir gelebt haben. All das hat uns doch auch verbunden. Hattest du das alles vergessen, als du den Keil zwischen Lydia und mich getrieben hast?

Ich habe Lydia mehr vermisst als alles andere.

Ich wollte meine Lydia wiedersehen. Was habt ihr mit ihr gemacht?

Olga

25

Als Ernst Schweiger gegen Mittag an der Polizeidienststelle in Herford angekommen ist, sieht er einen Mann in einem grauen Anzug, der sich gerade umständlich in ein Taxi setzt. Schweiger bleibt an der Autotür stehen. „Guten Morgen, Herr Benedikt."

Der Mann im Taxi nickt ihm freundlich zu und lüftet den Hut.

„Ihr Hund ist noch bei Frau Schall, wir können ihn aber gerne heute Nachmittag nach Uffeln bringen."

„Vielen Dank, ich werde auf Horst warten, ich werde warten", sagt Benedikt.

„Sie fahren jetzt nach Hause? Nach Uffeln? Und dort bleiben Sie erst mal?"

Benedikt auf der Rücksitzbank des Taxis hebt die Hand und winkt bedächtig.

Schweiger nickt ihm zu und geht auf das graue Gebäude zu. Als er sein Büro betritt, telefoniert Marc gerade.

Er hat schon einen anstrengenden Vormittag hinter sich, teilt er seinem Chef als Erstes mit, nachdem er aufgelegt hat. Zunächst hat er Benedikt Frau Vogel gegenübergestellt, die ihn auch wiedererkannt hat. Nicht als den Mann, der in ihren Hof geguckt und die beiden Mädchen beobachtet hatte. Sondern als jemanden, den sie flüchtig, vom Sehen auf der Straße oder im Einkaufszentrum kannte. Oder war es von dem Eiscafé in Uffeln? Sie wusste es nicht genau, wusste aber, dass sie den Mann schon gesehen hatte. Aber ob es der von dem Samstagnachmittag gewesen war? Altersmäßig schon. Ja, vom Alter her schon. Aber war das der? Sie wusste es nicht. „Wäre es nicht besser, man würde Elfi noch hinzuholen?", fragte sie schließlich. Die hätte den Mann doch auch gesehen, länger bestimmt als ihre Mutter. „Aber das habe ich abgelehnt! Ich wollte nicht auch noch ein Kind dazu holen. Wo sich diese Sache ja wahrscheinlich sowieso schon erledigt hat!"

„So?", sagt Schweiger, aber Marc ist offenbar taub für den Unterton in seiner Stimme.

„Du kannst dir gar nicht vorstellen, was das für eine Zeugin ist", erzählt er weiter und fängt an, mit verstellter Stimme zu säuseln:

„Ja, vielleicht der mit der Nummer 5, ja bestimmt der, den kenn' ich, aber woher? Ich weiß nicht mehr genau, woher. Man muss doch ehrlich sein und genau. Man darf doch keinen zu Unrecht bezichtigen, der es nachher nicht war. Nein, ich will keine Schuld auf mich laden, ganz sicher nicht. Hat ganz schön Nerven gekostet, die Frau." Marc lacht. „Vielleicht braucht man sie ja noch einmal. Obwohl: Ihr Erinnerungsvermögen scheint grundsätzlich nicht besonders ausgeprägt zu sein. Und ob das überhaupt etwas bringt, ihr den Herrn von gestern Abend vorzuführen, ist nach dieser Erfahrung sehr fraglich."

Anschließend habe er Benedikt auf eigene Verantwortung herausgelassen. Der war schließlich auch lange genug dabehalten worden. Ernst nickt und setzt sich mit hängenden Schultern an seinen Schreibtisch. Marc sieht ihn erstaunt an. Ist ja wahr, denkt Schweiger, normalerweise erscheint er zum Spätdienst in sehr viel besserer Laune. Meist hat er dann schon einen sehr gemütlichen Vormittag, und wenn möglich, auch eine schöne Nacht hinter sich. Zumindest ist er sorgfältig darauf bedacht, immer diesen Anschein zu erwecken. So oft kommt es nämlich in Wirklichkeit gar nicht vor, dass er außerhalb frühstückt, zum Beispiel im Lippischen Hof. Natürlich nicht alleine.

Er steht wieder auf und hängt seine Jacke an den Garderobenständer. An Marcs Schreibtisch bleibt er stehen. „Tja, Herr Kollege", fängt er an, „Andreas Braun, der gestern mit Frau Schall zusammengestoßen ist, hat übrigens ein Alibi für den letzten Samstag." Er hält inne und schaut Marc an, der ihm inzwischen volle Aufmerksamkeit schenkt. „Ich war heute Morgen schon in der Klinik und habe ihn mir vorgenommen. Die Kollegen haben es gestern noch recherchiert. Er ist Patient, bzw. Insasse des Maßregelvollzugs in Lippstadt-Eickelborn. Seit einigen Tagen allerdings auf Tour. Er ist offenbar am Sonntag während eines Besuchs bei seiner Mutter in Minden abgehauen."

„Nee, ne?!", Marc setzt sich alarmiert in seinem Stuhl auf. „Und wie konnte er dann die Frau in Lämershagen vergewaltigen? Oder war er das auch nicht?"

„Doch, sieht ganz so aus. Freigang unter Aufsicht. Was in etwa dasselbe ist wie Freigang ohne Aufsicht. Ganz normal im Rahmen seiner Resozialisierung. So, wie man es gerne hat. Seine Freigänge hat die dumme Sau in den letzten Monaten wohl für Überfälle auf Frauen benutzt. Einen davon in Bielefeld-Lämershagen. Dunkelziffer gegeben." Schweiger lässt sich resigniert auf seinen Schreibtischstuhl fallen.

„Und weswegen ist der verurteilt worden?"

„Hat sein Opfer umgebracht. Erst vergewaltigt, dann erledigt. Das war im Sommer '99. Seitdem sitzt er ein."

„Ist der wegen Mordes verurteilt?", fragt Marc. „Oder wegen Körperverletzung? Körperverletzung mit Todesfolge?"

„Hier ist die Akte des Knaben, kannst dir selbst ein Bild machen. Die Anklage lautete auf Körperverletzung. Nur leider, leider ist das schöne Opfer dabei draufgegangen." Schweiger reicht dem jüngeren Kollegen einen Stapel ungeordneter Papiere hinüber. Wie oft hat er eigentlich schon Leute zur Strecke gebracht, die anschließend ruhig weitermachen konnten? Er hat es allmählich wirklich satt. Die Justiz könnte doch dazu beitragen, dass es nicht so viele Wiederholungstäter gibt, oder?

„Und was war jetzt mit dem letzten Samstag?", fragt Marc, der angefangen hat, in der Akte zu blättern. „Am letzten Samstag hatte der wahrscheinlich keinen Ausgang, stimmt's? Weder mit noch ohne Aufsicht."

Schweiger nickt.

„Und wann ist der abgehauen?"

„Steht alles genau da drin." Schweiger deutet auf die Papiere. Er hat allmählich genug von der Fragerei. „Schau mal bitte auf Seite fünf. Samstag war Herr Braun noch in Lippstadt, hat nachmittags wie immer in der Anstaltsbibliothek gearbeitet. Zeugen vorhanden. Sonntag dann sogenannter Freigang unter Aufsicht: Familienbesuch in Minden. Da hat er es geschafft, abzuhauen."

„Und warum ist er ausgerechnet in dem Buhn gelandet?"

„Was meinst du? Wie der auf Vlotho kommt? Ganz einfach: Er folgt eine Weile der Weser. Dann hat er keine Lust mehr zu tippeln, sucht wohl auch einen Schlafplatz. Wenn der in Minden aufgewachsen ist, kennt er auch die Hüttenplätze an der Weser. Der Campingplatz wird ihm vielleicht jetzt in der Ferienzeit zu voll gewesen sein, da war der Buhn-Wald schon besser. Und die Garage von der Frau Schall war ja auch recht gemütlich. Wer weiß, vielleicht hatte der ursprünglich auch vor, in die Jagdhütte zu gehen, und war dann davon überrascht, dass sie neuerdings wieder bewohnt war."

„Und dann haust der in der Garage und nimmt sich die Schall nicht vor?"

„Naja, vielleicht hat er noch auf eine günstige Gelegenheit gelauert. Außerdem hat er sie ja angegriffen. Vielleicht wollte er nur warten, bis alles wieder ruhig ist im Wald, nachdem wir da gewesen sind."

„Na prima, dann können wir im Fall Lydia wohl von vorne anfangen", der junge Kollege nimmt seine Tasche von der Garderobe und packt seine Mineralwasserflasche hinein.

„Wo geht's denn hin?", fragt Schweiger, als er ihm erstaunt zugesehen hat.

„Ich hab jetzt Feierabend", verkündet Marc Willems.

Schweiger sieht ihn an und schweigt.

„Ausnahmsweise mal am Freitagnachmittag. Und am Samstag und Sonntag ebenso", sagt Marc, offenbar fest entschlossen, sich durch nichts mehr abhalten zu lassen.

„Ein freies Wochenende? Wer hat das denn genehmigt?"

„Du! Vor drei Wochen habe ich dich ausdrücklich darauf aufmerksam gemacht, dass ich an diesem Wochenende frei haben möchte. Von Freitag an."

„Aber wir haben einen akuten Fall!", sagt Schweiger.

„Haben wir das nicht immer?" Marc nimmt seine Lederjacke von der Stuhllehne und wirft sie sich über.

„Bleibst du vielleicht doch noch ein bisschen da", fragt sein Chef in diesem Moment und deutet mit dem Kopf auf die Tür, die sich nach einem leisen Klopfen geöffnet hat.

Dort steht eine junge Frau, etwa Mitte dreißig, in deren schmalem, mädchenhaftem Gesicht vor allem die leuchtend blauen Augen auffallen, die sie durch einen blauen Lidstrich betont. Sie trägt einen beigefarbenen Cordrock und eine eng anliegende Bluse in der Farbe ihrer Augen, dazu flache Sandalen. Sie hat Ähnlichkeit mit

... Ernst überlegt. Mit dem Mädchen. Ja, sie sieht fast wie Lydia aus, nur die Haarfarbe ist anders. Heller. Alles an der Frau wirkt hell.

„Olga Mewes“, sagt sie jetzt, reicht den Kriminalbeamten ihre Hand hin und bleibt neben der Tür stehen.

„Ich bin die Schwester von Eugen Mewes.“

„Lydias Tante?“

Marc steht immer noch mit offenem Mund vor seinem Schreibtisch, die Lederjacke in der Hand. Dann kommt Bewegung in ihn. Er führt die junge Frau überaus zuvorkommend zu dem kleinen Tischchen in der Ecke des Büros. „Können wir Ihnen etwas anbieten?“ Mit Erstaunen vermerkt Schweiger, dass Marc seine Jacke wieder um seine Stuhllehne hängt. Der junge Kollege lässt die blonde Frau dabei kaum aus den Augen. Schließlich erhebt sich Schweiger von seinem Drehstuhl und bringt ihr einen Cappuccino aus dem Automaten auf dem Gang.

Marc notiert sich die Personalien von Olga Mewes. Sie wohnt im Eggeweg, einer Straße in dem Teil von Uffeln, der oberhalb von Borlefzen liegt, direkt am Buhnwald. „Frau Olga Mewes, 35 Jahre alt, Sozialarbeiterin, beschäftigt im Jugendamt der Stadt Rinteln, geschieden, keine Kinder. Sie möchten also eine Aussage machen?“ Er setzt sein freundlichstes Gesicht auf und wechselt auf einen Stuhl auf der ihr gegenüberliegenden Seite des Tisches. Schweiger lehnt sich auf seinem Schreibtischstuhl zurück.

„Ja, das heißt, eigentlich will ich etwas erzählen.“ Die junge Frau setzt sich aufrecht hin und legt die Arme auf den Tisch vor sich. Dann schaut sie für einige Sekunden nachdenklich aus dem Fenster. Schweiger folgt ihrem Blick. Auf der Fensterbank stehen keine Blumen, nur ein großer, runder Stein liegt dort. Den hat doch die kleine Praktikantin, die Sylvia, hierher gelegt, weil sie das Zimmer der beiden Beamten voll öde fand, wie sie ihren Ausbildern am Schluss noch mitgegeben hat. Olga Mewes nimmt den Stein in die Hand und legt ihn vor sich, dann scheint sie zu bemerken, was sie tut, und legt ihn vorsichtig wieder auf das Fensterbrett zurück.

„Können wir das Fenster aufmachen?“, fragt sie.

Schweiger öffnet beide Fensterflügel weit.

„Lydia war auf dem Weg zu mir. Sie hat mich am Samstagmorgen angerufen und gesagt, dass sie käme."

„Was wollte das Mädchen bei Ihnen?" Der junge Kollege reagiert schnell.

„Ich weiß es nicht genau. Rettung, vermutlich, Hilfe, ach, was weiß ich. Verstehen Sie, sie wollte mich immer besuchen, das durfte sie aber nicht. Also ist sie weggelaufen. Oder: Sie ist weggelaufen und wusste nicht, wohin. Vielleicht wollte sie auch ihre Eltern provozieren, indem sie zu mir kam."

„Lydias Eltern wussten nichts davon, dass sie auf dem Weg zu Ihnen war?", fragt Marc vorsichtig.

„Nein, das heißt, genau weiß ich es natürlich nicht, ob sie es ihnen gesagt hat, woher sie überhaupt meine Adresse hatte. Vielleicht wusste sie auch nur, dass ich hier in der Gegend wohne. Sie wollte nämlich in Vlotho aus dem Zug steigen, und ich sollte sie abholen. Aber als ich um ungefähr elf Uhr in Vlotho ankam, war sie nicht da."

„Es sieht so aus, als ob sie etwa um viertel vor elf eingetroffen ist. Aus Hameln", wirft Schweiger ein.

„Ja, ich wusste nicht ganz genau, mit welchem Zug sie kommen wollte. Ich bin dann schnell nach Hause gefahren, um zu gucken, ob sie nicht in der Zwischenzeit schon mit dem Taxibus gefahren wäre oder so etwas."

„Sie durfte also ihren Eltern nicht sagen, dass sie zu Ihnen fahren würde."

„Das Mädchen darf alleine fast nirgendwohin. Und außerdem bin ich nicht diejenige, zu der sie fahren dürfte, wenn sie überhaupt alleine etwas unternehmen könnte. Die sprechen nicht mit mir, ich existiere für die nicht. Ich bin ein vom Glauben abgefallenes Kind, müssen Sie wissen. Das heißt, vom Glauben bin ich nicht abgefallen, aber ich habe mich von meiner Familie getrennt, oder sie von mir. Ich konnte es in Paderborn in dieser Gemeinde nicht mehr aushalten. Das ist aber schon fast dreizehn Jahre her. Seitdem habe ich keinen Kontakt mehr zu ihnen gehabt."

Marc nickt. Olga Mewes' Gesicht hat sich jetzt gerötet, sie sitzt auf der Kante des Stuhles und gestikuliert lebhaft.

„Und eins können Sie mir glauben: Das war das Schwierigste, was ich je gemacht habe. Wegzugehen und so ganz ohne meine Familie zu leben. Aber so ist es ja immer", sie schaut nachdenklich aus dem Fenster: „Man hält etwas für richtig und tut es, zum Glück weiß man noch nicht, was danach kommt. Oder man merkt später gar nicht mehr, wie es hätte sein können. Man ist viel zu sehr ins tägliche Unglück verstrickt."

„Doch, das kann ich ganz gut verstehen", antwortet der junge Kriminalbeamte, der inzwischen aufgestanden ist und das Fenster wieder geschlossen hat. Die ganze Zeit hat er die Augen nicht von der jungen Frau abgewandt. Auch Ernst konnte den Blick nicht von ihm und Frau Mewes lösen. So intensiv hat er den jungen Kollegen noch nie erlebt. Das Thema scheint etwas in ihm auszulösen, etwas Ernsthaftes, das ihn aus seiner sonst so coolen Haltung reißt. Oder ist es die Frau? Sie ist auch wirklich schön. Und so jung. Plötzlich spürt Ernst seine eigene Müdigkeit.

„Mir war schon klar, dass ich in diesem Milieu nicht bleiben wollte, als wir noch in Kasachstan wohnten. Dort hätte ich einen Russen heiraten können oder einen russischen Baptisten, um ein eigenes Leben zu führen. Das wäre die einzige Möglichkeit gewesen, aber natürlich keine echte. Nur eine neue Abhängigkeit. Erst durch die Übersiedlung und das Leben in Deutschland konnte ich die Familie verlassen und mich befreien."

Sie hält einen Augenblick inne und spricht dann zögernd weiter: „Also bin ich nach der Schule zum Studium nach Bielefeld gegangen und anschließend an den Ortsrand von Vlotho-Uffeln gezogen. Ich wollte gerne wieder auf dem Land leben, so wie in meiner Kindheit in Kasachstan. Die kleinen Orte an der Weser erinnern mich daran, verschwiegene, nicht protzige Dörfer an einem Fluss, so wie unseres damals. Und nicht weit entfernt von meiner Arbeitsstelle."

Die Männer im Raum hören schweigend zu. Was sollen sie zu dieser Geschichte sagen? Schweiger hat zunehmend den Eindruck, eine Geschichte aus einem anderen, zurückliegenden Jahrhundert zu hören.

„Aber ich habe ihnen die Kinder gelassen. Die Kinder im Stich gelassen, so muss man es wohl sagen."

Olga Mewes verstummt und schaut wieder zum Fenster.

„Haben die Eltern von Lydia ihre Kinder misshandelt?“, fragt jetzt Marc in ihr Schweigen hinein.

„Sie meinen geschlagen, oder so? Na ja, manchmal schon, wenn irgendetwas Schlimmes passiert ist. Aber eher die Jungen als die Mädchen. Zum Beispiel hatte der älteste Sohn, Jakob, die Neigung zu lügen und zu spät zu kommen. Da haben sie ihn schon damals hin und wieder geschlagen, obwohl er erst fünf war, als ich ihn zum letzten Mal gesehen habe. Mein Bruder war jähzornig. Schon als Junge. Aber Sie dürfen das nicht falsch verstehen. Mein Bruder ist ein herzensguter Mensch, der aber leider alles macht, was dieser Vorsteher der Gemeinde, in die sie gehen, ihm sagt, und der eben manchmal Angst hat, dass eines seiner Kinder oder ein Familienmitglied vom Glauben abkommt oder die Gemeinde und die Familie nicht mehr als das höchste Gut auf Erden betrachtet. Aber das kann ich Ihnen versichern: In diesen Familien gibt es für die Kinder Schlimmeres als gelegentliche Schläge!“

Marc nickt, als ob er genau wüsste, wovon sie spricht.

„Erzählen Sie doch mal, worauf kommt es denn da an, bei dem Glauben?“, schaltet sich jetzt Schweiger ein. „Das kommt immer alles so schwer und problematisch rüber. Sollte der Glaube nicht eigentlich etwas sein, was das Leben bereichert, und nicht etwas, das in Zwang und Ärger ausartet?“

Olga lacht etwas bitter und nickt zögernd. „Was da in Paderborn passiert, das darf man nicht so sehr als religiöses Problem ansehen. Es hängt vielmehr mit unserer Kultur und vor allem mit der Geschichte der Russlanddeutschen zusammen. Und erst in zweiter Linie mit dem Glauben. Wir sind ja noch gar nicht so lange in Deutschland. Damals in Kasachstan lebten die Deutschen und besonders die gläubigen gewissermaßen in der Illegalität. Und das schweißt zusammen und hält einen auch fern von äußeren Einflüssen. Die Deutschen standen immer im Gegensatz zu dem im Land herrschenden Atheismus und natürlich zum Kommunismus.“ Sie macht eine Pause und nickt ein paar mal wie zur Bestätigung ihrer Worte.

„Mein Vater war eine Kriegswaise. Das einzige, was seine und andere Familien hatten, war ihr Glaube, der überlieferte Baptismus, den ihre Eltern und Großeltern aus Deutschland mitgebracht hatten. Aber die Eltern waren tot und die Nachkommen, also die Generation unserer Väter, entwickelten eigene Glaubensregeln, die immer strenger wurden. Viele Baptisten hatten keine richtige Schulbildung, konnten kaum lesen und schreiben. Die Frauen schon gar nicht. Aber nach ihrer schweren Arbeit setzten sie sich abends zusammen und legten die Bibel aus. Wörtlich natürlich. Und zu welchen Erkenntnissen sie dabei kamen!" Sie schüttelt den Kopf.

„Dass die Frauen in der Gemeinde schweigen mussten und zu Hause ohne Widerspruch das tun, was die Männer sagten. Und dass sie ihre Haare nicht zeigen durften, also mussten alle ihre Haare geflochten tragen und durften diesen Schmuck ihrer Eitelkeit nicht tragen und zeigen. Selbst die Zöpfe mussten eine bestimmte Länge haben, nicht nur die Röcke. Die alten Frauen haben ständig darauf geachtet, dass die jungen ihr Kopftuch nicht zu weit zurückschoben, sodass man ihre schönen Haare zu Gesicht bekommen könnte. Oder gar Schmuck trugen. Frauen durften keinen Schmuck tragen. Aus denselben Gründen. Natürlich durften keine Verhütungsmittel benutzt werden. Deshalb bestanden die Gemeinden aus hundert Erwachsenen und zweihundert Kindern. Und alle richteten sie sich nach den Regeln, die von den Gemeindevorstehern und Ältesten aufgestellt wurden."

Olga Mewes lehnt sich im Stuhl zurück und atmet tief durch. Marc schaut nachdenklich aus dem Fenster. Schweiger hat das Gefühl, dass sie diese Gedanken dringend einmal loswerden muss. Davon will wahrscheinlich niemand sonst etwas hören. Es ist einfach zu abgedreht.

„Gut, das verstehe ich, aber was war denn nun, als Sie und Ihre Familie und die anderen Leute aus Ihrer Glaubensgemeinschaft nach Deutschland kamen? Hier ist doch ein Leben in relativer Freiheit möglich. Man ist nicht mehr in der Minderheit und kann versuchen, sich an die Landessitten anzupassen. Wozu dann die Abkapselung hier in Deutschland?", fragt Schweiger.

„Das ist es ja eben. Das Leben in Deutschland erschien zwar zunächst mal weniger bedrohlich, da die Menschen hier ja immerhin keine kommunistischen Atheisten sind, sondern viele zumindest getaufte Christen ..."

„Aber den Baptisten", unterbricht Marc sie, „ können die Katholiken und Protestanten, ganz zu schweigen von den vielen Unkirchlichen, ja nicht als weniger bedrohlich erscheinen: Die Kindertaufe und andere Rituale der großen Kirchen werden von ihnen ja gar nicht anerkannt. Streng genommen, sind die deutschen Christen für die Baptisten keine Christen: Sie haben sich nicht öffentlich zum Glauben an Jesus Christus bekannt und sind nicht als Erwachsene auf diesen Glauben getauft worden."

„Genau! Sie gehören zur *Welt*, zu der die baptistischen Christen nicht gehören. *Wir* gehören zu Gott. Also müssen wir *unsere* Kinder von dieser Welt und dem Satan, der sie beherrscht, fern halten. Und noch eins: Nicht alle russlanddeutschen Baptisten kann man über einen Kamm scheren. Sogar in einer Stadt, die so klein ist wie Paderborn, gibt es ungefähr sieben unterschiedliche Gemeinden. Sieben unterschiedliche Aussiedlergemeinden, meine ich. Es kommt immer wieder zu Spaltungen, weil sich die einzelnen Vorsteher nicht über die Auslegung der Bibel einigen können. Und weil ihnen Freiheiten, die die Gläubigen sich herausnehmen, besonders die jüngeren natürlich, überhaupt nicht passen. Zum Beispiel dass die Rocksäume kürzer werden oder so was. Da fühlen sie sich von Gott beauftragt, dem Satan zu widerstehen, und sie gründen mit einigen Getreuen eine neue Gemeinde." Sie rollt die Augen nach oben.

„Meine Familie gehört einer der strengsten Gruppierungen in Paderborn an: den Baptisten, die zum Beispiel nicht einmal zulassen können, dass die Kinder eine normale Grundschule besuchen und dort Sexualkunde-Unterricht erhalten. Dazu gehören nur sehr wenige Familien. Wenn in der Presse von *den Baptisten* die Rede ist, geht es fast immer um diese kleine Minderheit. Das Schlimmste aber ist: Immer sind es die Kinder dieser Familien, die am meisten von allen leiden. Sie werden praktisch zwischen den Fronten in der Luft zerrissen. Kennen Sie die Geschichte mit dem König Salomon, zu dem eines Tages zwei Frauen kommen, die sich nicht einigen können, wem das Kind gehört, das sie mitgebracht haben? König Salomon sprach schließlich das Kind der Frau zu, die das Kind lieber der anderen gab, als mit anzusehen, wie es in der Mitte zerteilt wurde."

„*Du bist die wahre Mutter*, sprach der König und gab ihr das Kind", fuhr Marc fort.

„Ja", bestätigt Olga Mewes. „Sie scheinen sich ja gut auszukennen." Zum ersten Mal schaut sie den jungen Kripobeamten genauer an. „Oder wie im Kaukasischen Kreidekreis von Brecht. Da kommt so was ja auch noch mal vor."

„Aber diese baptistischen Familien trotzen ja auch ziemlich unverfroren den deutschen Gesetzen! Wie geht das denn mit der Bibeltreue zusammen?", schaltet sich jetzt Schweiger ein.

„Ja, normalerweise hatten wir in Kasachstan immer die Regel: *Gib dem Kaiser, was des Kaisers ist*. Aber davon ist natürlich der Glaube ausgenommen."

„*Du sollst Gott mehr gehorchen als den Menschen*", lässt Marc sich wieder vernehmen.

Olga Mewes schaut ihn bewundernd an. „Ja, genau! In Russland war es ja schon verboten, überhaupt Gottesdienste abzuhalten. Wer das getan hat, musste damit rechnen, verhaftet zu werden. Unser Vater saß einmal ein paar Tage im Gefängnis, weil die Behörden herausgefunden hatten, dass er ein Gemeindevorsteher war. Und dann wurde er zu einer Geldstrafe verurteilt, die er lange Zeit unter großen Mühen abgezahlt hat."

„Dann ist es ja nicht verwunderlich, dass die Illegalität praktisch eine Bestätigung der persönlichen Identität bedeuten kann."

„Ja, aber natürlich nur bei bestimmten Dingen, die mit der Überzeugung der Gemeinde zu tun haben, wie zum Beispiel bei dieser Schulverweigerung wegen der Sexualerziehung. Da herrschte in der Gemeinde die Vorstellung vor: Sexuelle Aufklärung wird zu sexueller Betätigung führen!"

Schweiger schaut sie an und unterdrückt ein Grinsen. „Frau Mewes", er hat inzwischen auf die Uhr geschaut und ist deutlich unruhiger geworden. Er hat heute noch etwas anderes vor. „Halten Sie es für möglich, dass die Räson der Gemeinde und Ihres Bruders so weit gegangen ist, dass das Kind dabei zu Schaden kam?"

„Nein!", Olga schreit es fast und ihr Mund fängt an zu zittern. „So was habe ich noch nie gehört. Sie sind streng, sie sind ungerecht, sie ordnen sich und ihre Gefühle dem Glauben unter. Aber sie sind nicht grausam und schon gar nicht schlecht, im Gegenteil. Da muss etwas anderes dahinterstecken! Das war bestimmt niemand aus der Gemeinde. Ich verstehe einfach nicht, dass sie nicht auf mich gewartet hat. Sie hat mich doch am Samstagmorgen angerufen. Sie würde jetzt von Paderborn losfahren und wäre am Mittag in Vlotho. Ich habe sie gefragt, ob die Eltern Bescheid wüssten, darauf hat sie nicht geantwortet. Dann habe ich gesagt, dass ich sie abhole. Ja, und dann war sie nicht am Bahnhof. Ich hab mich so erschrocken, als ich sie nicht gefunden habe! Ich konnte meine Verwandten in Paderborn doch nicht anrufen, sonst hätte ich das Kind ja verraten. Aber vielleicht ist sie gar nicht erst gekommen, weil ich sie nach den Eltern gefragt habe. Aber sie muss ja hier herumgelaufen sein. Wollte sie denn zu mir, zu Fuß?" Olga fängt an zu weinen. „Wie ist sie gestorben? Hat sie lange gelitten?", fragt sie unter Schluchzen.

„Nein, das hat sie nicht. Sie war wahrscheinlich sofort tot, als sie nach hinten gefallen ist." Schweiger unterdrückt einen Impuls aufzustehen und ihr den Arm um die Schulter zu legen. Stattdessen steht er auf und reicht ihr ein weißes, akkurat gebügeltes und gefaltetes Stofftaschentuch über den Tisch.

„Haben Sie irgendeine Vorstellung, wer das getan haben könnte?", fragt jetzt Marc.

Olga Mewes schüttelt den Kopf. Immer noch laufen ihr die Tränen über das Gesicht und sie hält sich an dem weißen Stofftaschentuch fest.

Sie denkt an den Tag, an dem sie ihr einziges Kind zum letzten Mal gesehen hat. Vor dreizehn Jahren war das. „Du wirst sie nicht wiedersehen", hatte Eugen ihr noch auf den Weg mitgegeben, als sie ihre Lydia bei den Eltern gelassen hatte. Nur vorübergehend, nur für die ersten Jahre ihres Studiums. Dann war sie so sehr in die Beziehung zu Rainer verstrickt gewesen, dass sie es Jahr für Jahr hinausgeschoben hatte, das Kind zu holen. Und schließlich, nach dem jähen Tod der Eltern, hatten Eugen und seine Frau das

Sorgerecht beantragt. Und sie hatte das gewusst und nichts unternommen, um das Sorgerecht selbst wieder zu erhalten.

Und jetzt hatte der Bruder Recht behalten.

„Das macht doch gar keinen Sinn“, Marc schreit schon fast, um Schweigers Gedanken zu übertönen, die sich anscheinend auch bei ihm selbst breitgemacht haben. Angesichts Olga Mewes' Verzweiflung hat er sich verdammt hilflos gefühlt. Es nervt ihn, dass er nichts machen konnte, um ihr zu helfen, als sie mit hängenden Schultern zur Tür gegangen ist. „Der bringt doch nicht sein Kind um. Der folgt der Kleinen, der holt sie ein, schlägt sie, schleift sie nach Hause, und da wird dann gebetet.“

„Meinst du, ja? Und was ist, wenn der zufällig etwas zu fest zuschlägt? Gibt ihr einen heftigen Schlag, um sie am Weiterlaufen zu hindern?“

„Das sind doch in Wirklichkeit etwas naive, friedliche Menschen, die einfach nur etwas radikal oder fundamentalistisch glauben, nichts weiter. Wie der Papst zum Beispiel auch. Vielleicht ist dem Vater auch mal die Hand ausgerutscht. Aber dazu, seine eigene Tochter im Wald niederzuschlagen, gehört doch etwas mehr, oder?“ Marc geht wütend im Büro auf und ab. „So was muss man doch planen: Dem Kind folgen und es in einer fremden Gegend im Wald erschlagen!“

Was hat der Kollege denn? Schweiger sieht ihm erstaunt zu. Eine ganz und gar unprofessionelle Wut ist das, oder?

„Selbst wenn der Vater *nur* seine Jungen schlagen sollte, ist er doch eindeutig gewalttätig und zudem scheint er auch noch reichlich unbeherrscht zu sein. Wir fahren jetzt nach Paderborn“, sagt Schweiger energisch.

„Aber ich nicht, ich habe jetzt frei.“ Marc wirft einen Blick auf seine Armbanduhr. „Es ist Freitagnachmittag, sechzehn Uhr dreißig und meine Eltern in Kiel feiern morgen ihre Goldene Hochzeit.“ Er atmet hörbar durch, zieht sich zum zweiten Male die Jacke an und geht zur Tür.

Ernst schaut auf die Uhr. Der abrupte Abgang kommt ihm sehr entgegen, mehr, als der junge Kollege ahnen kann. Er wird nicht viel zu spät sein. In einem Paderborner Café wartet eine junge Lyrikerin auf ihn. Sieht fast so aus, als schafft er es noch. Und anschließend wird er sich wieder seinen Pflichten zuwenden. „*Emmas Herz schlug ungestüm, bei dem ersten Brief von ihm*", singt er auf dem Weg zum Auto leise vor sich hin.

Auf dem Parkplatz sitzt Marc eine Weile unschlüssig in seinem Auto. Noch vor ein paar Stunden hat er fest vorgehabt, heute noch nach Kiel zu fahren. Dann kam Carolins Vorschlag, sich heute Abend zu treffen. Er könnte es jetzt noch absagen und sich, wie geplant, auf die Autobahn nach Norden setzen. Und dann? Will er um zehn in Kiel sein, um nachher noch im Kreis der Verwandten an einem Glas Wein zu nippen und dann auf dem Wohnzimmersofa zu übernachten? Eher könnte er jetzt gleich ein Pils und eine Zigarette gebrauchen. Dabei raucht er gar nicht. Als Marc aufsieht und plötzlich Ernst pfeifend über den Parkplatz laufen sieht, lässt er den Wagen an und fährt in seine Wohnung, um sich umzuziehen.

Der Treffpunkt mit Carolin ist das Hallenbad in Bad Oeynhausen. Nein, nicht das Hallenbad. Er fährt seinen Computer hoch und liest noch einmal die letzte Mail:

„Lieber Marc,
das Spießige an dieser Gegend geht dir auf die Nerven?
Mir doch auch: Wie wäre es mit einem Treffen unter einem Buddha-Bild in Rot- und Orangetönen?
Es befindet sich in den Bali-Thermen in Bad Oeynhausen.
19 Uhr am Freitagabend?
Carolin."

Zwei Stunden später stellt Marc seinen Polo auf dem Parkplatz am südlichen Ende des Kurparks in Bad Oeynhausen ab und macht sich auf den Weg an den großen Hotels vorbei zu den Bali-Thermen. Kasse, Schrankreihen, Duschräume, Toiletten. Und wo ist seine Badehose? Marc mustert sie skeptisch. Ein edles Teil war sie einmal. Wann hat er sie zum letzten Mal angehabt? Seine

Badeschlappen hat er gar nicht erst aus dem Keller geholt. Hoffentlich geht es auch ohne.

Im großen Schwimmbereich muss er sich erst einmal an das gedämpfte Licht gewöhnen. Wände in Ocker- und Rottönen, warmes Wasser in den vielen Thermalbecken. Ein Wasserstrom, der einen unversehens durch Grotten hindurchzieht, dazu Whirlpools und Wasserfontänen. Marc lässt sich einen Augenblick lang entspannt im warmen Wasser treiben, bis ihm wieder einfällt, dass er ja beobachtet werden könnte. Ist hier irgendwo eine Frau, die zu ihm herübersieht? Wo ist denn das Buddha-Bild in Rottönen? Er schaut verstohlen um sich. Vorsichtig hangelt er sich von Wand zu Wand, bemüht, auf seinen nackten Füßen nicht auszurutschen. Er möchte dieser Frau nicht im freien Fall direkt vor den Füßen landen. Aber nichts. Kein Buddha-Bild oder dergleichen, auch keine Bänke oder Stühle an den Wänden. Die gibt es meistens sowieso nur im Sauna-Bereich, denkt er plötzlich.

Sauna? Er schaut an sich herunter. Ist eine Badehose, wenn auch eine ältere, nicht das Mindeste, was man anhaben sollte, wenn man sich einer bislang Unbekannten nähert? Aber was bleibt ihm anderes übrig. Er schiebt seine Plastikkarte durch den Automaten am Drehkreuz zum Sauna-Bereich und öffnet die Tür. Sofort wird er eingehüllt von einem orientalischen Duft, der ihn ein wenig ins Taumeln bringt. Als sich seine Augen an das gedämpfte Licht gewöhnt haben, sieht er Wände aus dunkelbraunem Holz, Korbsessel mit hellen Stoffkissen, rote Vorhänge und viele mit Gold abgesetzte Buddhaskulpturen. Unter welchem der vielen braun-goldenen Buddhas soll er sie denn nun suchen? Er geht auf ein kleines Kaminzimmer im mittleren Saunabereich zu, in dem dunkle Ledersessel stehen, auf denen sich Männer und Frauen in Bademänteln räkeln. Unschlüssig zögert er in der offenen Tür zu dem sehr dunklen Räumchen.

Plötzlich kommt eine freundlich lächelnde, junge Frau auf ihn zu, die ein Bikinioberteil trägt und ein Handtuch um ihre Hüften geschlungen hat. Marc sieht sie erwartungsvoll an.

„Bitte ziehen Sie die Badebekleidung aus, Sie befinden sich hier im textilfreien Bereich."

Marc schluckt, sagt aber nichts und deutet verwirrt auf das Hüfthandtuch der Frau.

„Ich bin die Saunameisterin. Der nächste Aufguss beginnt in zehn Minuten. In der Erdsauna."

Während Marc vorsichtig seine Badehose über eine Buddha-Figur drapiert, hört er klatschende und kratzende Geräusche hinter sich und eine Stimme, die in gebrochenem Deutsch sagt: „Hammam hat mir früher mein Schwiegervater immer sonntags gemacht." Die mit dem roten Vorhang geschlossene Kabine weist ein Schildchen auf, das auf eine orientalische Bürstenmassage hinweist. Nein, danach ist ihm wirklich nicht.

Marc wickelt sein Handtuch um die Hüften und geht schnell in den anderen Raum in der Mitte der Sauna, der ihm schon beim Hereinkommen aufgefallen ist. Er zieht einen Korbsessel neben einen Holzbottich, den er mit Wasser füllt, lässt sich in den bequemen Sessel fallen und stellt die Füße ins Wasser. Entspannt lehnt er sich zurück. Ihm gegenüber sitzt eine Frau, die ihn fröhlich angrinst. Marc schaut sie an, guckt schnell weg und dann wieder hin. Die Frau ist nicht mehr jung, sie hat ihre langen Haare mit einer Spange am Hinterkopf befestigt und ihr Gesicht wirkt sehr schmal.

Marc bemüht sich, nicht zu auffällig auf ihren flachen Busen und den im Sitzen etwas ausladenderen Bauch zu starren. Die Frau sitzt unter dem Bild einer Buddha-Figur in Rottönen. Marc schluckt wieder.

„Sie haben ja gar keine Schlappen an", sagt Carolin plötzlich, und Marc schaut beschämt auf seine nackten Füße.

Wenig später sitzen die beiden in der Erdsauna bei neunzig Grad, während ihnen die Saunameisterin wüstenheiße Luft zuwedelt.

26

Mit Schwung biegt Annes Peugeot auf den schmalen Parkstreifen vor dem halb verfallenen Vlothoer Bahnhof ein. Sie zieht die Handbremse und wirft einen Blick in den Spiegel über dem Armaturenbrett. Die Haare sehen ausnahmsweise einmal gut aus: Die Ponyfransen liegen auf der Stirn und stehen nicht irgendwie hoch, ihre Augen wirken klar. Sie hat in der letzten Nacht endlich mal wieder ausgiebig geschlafen. Das war aber auch nötig gewesen. Noch ein paar solcher Nächte und sie wäre ein ganz anderer Mensch.

Hinter Anne liegt Horst auf der Rückbank. Er hat den Kopf auf die Pfoten gelegt und jault leise vor sich hin.

„Was ist denn, Horsti?" Anne greift nach hinten und streichelt dem Hund über den weichen Kopf. „Heute geht's zurück zu Herrchen! Da freust du dich, mein Lieber, ne? Und ich erst! Da freu ich mich aber von ganzem Herzen."

Horst hebt den Kopf und stellt sich auf der Rückbank auf alle Viere. Die Zunge lässt er Anne ins Ohr hängen.

„Hör auf, du Töle!" Anne lacht, schubst ihn wieder nach hinten und wischt sich mit dem Handrücken die Wange trocken. Sie ist froh, wenn sie Horst wieder abgeliefert hat. Aber so ganz stimmt das auch nicht. Sie hat sich schon fast an den blöden Hund gewöhnt. Und das nach zwei Tagen!

Aber heute kommt Katharina. Ihre Tochter hat neuerdings eine Stelle in einem katholischen Verlag, der unter anderem auch katholische Bekenntnisliteratur herausgibt, Bücher religiösen Inhalts. Anne schüttelt sich etwas. Der Herta-Verlag. Katharina, die dort im Lektorat angestellt ist, hat wenig freie Zeit. Aber heute kann sie sich endlich das neue Feriendomizil ihrer Mutter ansehen. Sie ist einer der wenigen Menschen, deren Gesellschaft Anne nie stört. Mit Katha hat sie nie das Gefühl, ein bestimmtes Programm auflegen zu müssen und zu irgendeiner Unterhaltung verpflichtet zu sein. Sprechen, lesen, schweigen, selbst sich zurückziehen, alles ist leicht und entspannt mit der Tochter. Lange Erklärungen sind überflüssig, immer herrscht so eine Art stummes Einverständnis zwischen ihnen.

Anne freut sich schon auf den Abend in der Hütte. Vielleicht wirft sie heute den Kamin an, auch wenn es draußen noch sommerwarm ist. Oder sie bleiben auf der Terrasse und grillen, schauen dabei in den Mond und reden. Das Beste an Katha ist und bleibt ihr Optimismus, ihre positive Lebenseinstellung. Wann ist mir die eigentlich abhanden gekommen?, fragt sich Anne, während sie die Autotür abschließt.

Sie schaut rasch auf den kleinen Ankunftsplan vor dem Bahnhofsgebäude. Noch drei Minuten, dann wird die Eurobahn aus Richtung Herford eintreffen. Anne geht mit Horst durch die Unterführung zum Gleis. „Hartz, wir kriegen dich!", ist mit roter Farbe an die Seitenwand gesprüht, und auf dem Boden liegen leere Zigarettenschachteln und Bierflaschen. Es stinkt nach Urin. „Horsti, lass das!" Der Hund muss schon wieder an jeder Ecke schnüffeln.

Das Bahnhofsgebäude aus rotem Klinker, das Anne vom Gleis aus nachdenklich betrachtet, ist verfallen, die Fenster eingeschlagen, die Wände beschmiert. Als sie den Bahnhof zum ersten Mal gesehen hat, hat Anne geglaubt, sie sei in einer sehr armen Stadt gelandet, die keine Mittel mehr hat, ihren Bahnhof zu pflegen, ähnlich mancher, die sie aus dem Ostteil des Harzes kennt. Aber das war wohl ein Irrtum. Das Gebäude hier, das unter Denkmalschutz steht, wurde 1992, so hat sie es einem alten Heimatkundebuch in der Buchhandlung entnommen, von der Bahn verkauft. Offensichtlich lässt der Besitzer es verfallen, und die Stadt Vlotho kann es nicht zurückkaufen.

In diesem Moment fährt der leichte, blau-gelbe Zug aus Herford ein. Anne hat Schwierigkeiten, in der schmalen, jungen Frau, die kurze Zeit später auf sie zugelaufen kommt, Katharina zu erkennen. „Hast du schon wieder abgenommen?", möchte sie fragen, aber es gelingt ihr noch, die Frage zu unterdrücken. Katharina geht es entweder sehr gut oder eher überhaupt nicht gut, wenn sie so dünn ist. Aber diesmal ist es wohl das erste.

„Mama? Mit Hund? Na, wer bist du denn?" Die blaue Reisetasche landet auf dem Boden, Katha kniet daneben.

„He, hallo, willst du mich nicht erst mal begrüßen?", ruft Anne nach unten. „Der Schwarze da, das ist Horsti, aber er ist nur geliehen. Nicht meiner."

„Ach, wie süß! Nicht unserer? Schade eigentlich!" Katharina kommt wieder hoch, und ihre Mutter schließt sie vorsichtig in die Arme. Wie etwas Zerbrechliches. Die eigene, fast dreißigjährige Tocher für zerbrechlich zu halten, ist albern, denkt Anne. Sofort fängt Katharina an zu erzählen. Neue Projekte, neue Arbeitskollegen, viel zu tun, aber offenbar alles in bester Ordnung.

„Katha", sagt Anne, während sie das Autoverdeck herunterfährt, „ich weiß, dass du nur wenig Zeit hast, aber ich muss eben noch den Hund zurückbringen. Da müssen wir vorbeifahren."

„Echt? Müssen wir den schon wieder zurückbringen? Das ist aber schade. Ne, mein Kleiner?" Sie beugt sich nach unten und lässt ihre Hand leicht über Horsts Rücken streichen. Horst macht keinen Versuch aufzustehen und sie abzulecken.. „Wem gehört der denn überhaupt?"

„Ach, einem Bekannten."

„So, so", sagt Katharina anzüglich.

„Nicht, was du denkst", lacht Anne. „Also, wenn du es genau wissen willst: Er gehört einem harmlosen Menschen, gegen den allerdings im Augenblick, na ja, sagen wir mal, ermittelt wird. Der hat aber nichts verbrochen, er kann sich nicht um seinen Hund kümmern, weil die Kollegen ihn festgesetzt haben."

Katharina sieht ihre Mutter erstaunt an. „Willst du damit sagen, dass du schon wieder im Urlaub ermittelst?"

„Wie meinst du das?", fragt Anne und setzt den Wagen vorsichtig auf die Oeynhauser Straße zurück. „Was soll das denn heißen, *wieder*?"

Katharina sieht sie vielsagend an.

„Nein, natürlich nicht, ist nicht mein Fall", versichert Anne. „Ich bin da nur also, vielleicht etwas involviert ... und vor allem: Ich muss noch etwas herausfinden, aber ermitteln, nein, ermitteln ohne Computer und Faxgerät, wie sollte das wohl gehen, wie stellst du dir das denn vor ...?" Was will sie Katharina eigentlich sagen? Will sie die Tochter davon ablenken, dass die Mutter selbst mit dem Problem zu tun hat, vor dem sie Katharina immer gewarnt hat? Nie richtig abschalten und ihre Zeit ohne zu arbeiten verbringen zu können, oder nur ganz selten?

„Mama!“, sagt Katharina mahnend und lacht dann auf. „Okay. Worum geht's denn da?“

„Willst du das wirklich wissen? Vielleicht ist es sogar besser, du kommst mit rein, ohne was zu wissen. So ganz unvoreingenommen siehst du vielleicht etwas, was mir noch nicht aufgefallen ist. Oder du kriegst irgendetwas mit.“

Katharina sieht sie von der Seite an: „Wie wäre es, wenn du mich ins Bild setzen würdest? Wäre das nicht vielleicht sinnvoll, wenn du mich da schon mit hinnimmst? Außerdem: Es sind ja keine Ermittlungen. Du arbeitest ja gar nicht. Ist nur so eine Art Freizeitvergnügen. Und davon willst du mich doch nicht ausschließen, oder? Also, was ist passiert?“

Sie hat ja Recht, denkt Anne und steuert den Wagen über die Weserbrücke, wobei sie wie immer einen Blick nach rechts wirft, auf den kleinen, idyllischen Vlothoer Hafen, ein Relikt aus einer längst vergangenen Epoche der Stadt. Nicht weit vom Anleger entfernt beginnt ein völlig verwilderter Wanderweg an der Weser entlang, den Anne sehr gerne wieder einmal gehen würde.

Sie biegt in die Mindener Straße ein und hält direkt neben der Eisdiele auf dem Parkplatz vor dem Getränkehandel neben Benedikts Haus. „Okay, wahrscheinlich hast du Recht. Also: Ein Mädchen liegt tot im Wald, nicht weit weg von meinem Haus. Ein Mann, nämlich der, der hier in diesem Haus wohnt, hat ein Versteck im Hohlraum einer Eisenbahnbrücke, wo er viel Zeit verbringt, zusammen mit Horsti und mit einer Schaufensterpuppe namens Maria.“

Katharina grinst bei diesen Worten, wirkt aber nicht erstaunt.

„Er sammelt Schaufensterpuppen“, fährt Anne fort. „Eine davon trägt er mit herum, der Rest ist hier im Haus, die lagert er in seiner Wohnung. Das heißt, jetzt ist das Lager leer. Von den Kollegen geräumt. Die Puppe, die in seinem Brückenversteck war, heißt Maria. Das heißt, er nennt sie Maria. Sie hat extreme Ähnlichkeit mit dem toten Mädchen.“

„Und du verdächtigst diesen Mann.“ Katharina lacht.

„Habe ich, ja, ... kam mir alles zu komisch vor, aber jetzt natürlich nicht mehr, ich glaube, der ist ganz harmlos, hat eben nur diesen Spleen. Ein deutscher Rentner, wie es ihn nicht allzu oft gibt. Wirst sehen, was ich meine. Der hat einen Lattenschuss, sonst nichts."

„Und du hast das Mädchen gefunden?", Katharina sieht Anne mitfühlend an. „Wie ist sie denn gestorben?"

„Gestürzt, glaube ich. Offiziell weiß ich ja nichts, nur was in der Zeitung stand. Und das ..."

„Und was dir Hansi so gesteckt hat, wahrscheinlich. Und? Wer war es denn nun? Wer hat bei dem Sturz nachgeholfen?"

„Das haben die Kollegen aus Herford leider noch nicht ermittelt. Zuerst war da so ein Vergewaltiger im Gespräch, der sich hier eine Weile aufgehalten hat. Aber das war wohl ein Freigänger aus Lippstadt, aus dem Maßregelvollzug, der Typ war nicht der Täter. An dem Tag, an dem das Mädchen umkam, war der nämlich nachweislich unter Verschluss. Bleiben also nicht mehr viele."

„Der Vater natürlich", vermutet Katharina. „Das Mädchen ist weggelaufen. Er hinterher, um sie einzufangen und zurückzubringen. Dabei ist sie draufgegangen."

„Aber warum sollte er sie umbringen? Was ist das Motiv?"

„Was weißt du, was vorher bei denen los war? Vielleicht hat er sie misshandelt oder so."

„Ich weiß nicht", sagt Anne. „Väter bringen ihre Kinder um, wenn sie nicht wollen, dass die Mutter sie kriegt, bei der Scheidung. Durchgeknallte. Oder es passiert ihnen, wenn sie sie misshandeln. Meistens Stiefväter, die eben häufig keine Beziehung zu dem Kind haben oder überfordert sind. Aber das Mädchen stammt aus einer Familie frommer Baptisten aus Paderborn. Von ziemlich extremen sogar. Diese Eltern sind wohl eher solche, die ihre Kinder zu besonders guten Menschen erziehen wollen."

„Und sich dabei in der Wahl der Mittel schon mal vergreifen?", fragt Katharina.

Anne zuckt die Achseln.

„Deswegen wird das Kind vielleicht weggelaufen sein." Katharina schaut nachdenklich aus dem Fenster. Anne folgt ihrem Blick.

Die Korbstühle vor der Eisdiele sind, obwohl das Wochenende noch nicht angefangen hat, dicht besetzt, der Kellner läuft mit den großen, bunten Eisbechern geschäftig hin und her.

„Allerdings kann das Mädchen natürlich auch einfach so weggelaufen sein", sagt Katharina.

Anne schaut sie an, antwortet aber nicht. Kathas Bruder, Niklas, ist mit siebzehn auch mal von zu Hause weggelaufen und auch einige Zeit weggeblieben, ohne eine Nachricht zu hinterlassen. Welche Erinnerungen hat die Schwester an diese Zeit?, fragt sich Anne. Weiß sie noch, wie schlimm dieser Vertrauensbruch des Bruders für sie war und wie lange es gedauert hat, bis sich Anne wieder davon erholt hat? Auch die Ehe der Eltern hat, für die sensible Katharina wahrscheinlich nicht zu übersehen, gelitten. Hat sie eigentlich damals genug mit Katharina über ihre Gefühle geredet? Und überhaupt, hat sie eigentlich die Scheidung und alles Folgende gut weggesteckt? Anne seufzt.

Für sie selbst hat sich das alles schon ganz richtig entwickelt: Dass sie ohne langes Zögern weggegangen ist von Holger und sich eine Wohnung gesucht hat, als die Kinder ausgezogen waren. Und dass sie jetzt das Leben lebt, das sie sich immer vorgestellt hat. So ist es doch, oder? Na ja, sie arbeitet eben immer noch ein bisschen viel, obwohl sie sich schon vor Jahren vorgenommen hat, nicht mehr in ihren beruflichen Ehrgeiz zu investieren und ihre Energien mehr für ihre Freizeitbeschäftigungen, besser gesagt, für ein glückliches Restleben zu verwenden.

Katharina sieht ihre Mutter an: „Und was willst du jetzt von diesem Mann hier, außer ihm den Hund zurückzubringen?"

„Er weiß vielleicht was. Jemand glaubt, ihn an dem Tag in der Gegend gesehen zu haben. Er ist hier herumgelaufen. Ich bin mir sicher, er weiß etwas, was er nicht sagt. Und er hat den Mörder vielleicht gesehen und hält jetzt aus irgendwelchen Gründen dicht."

„Okay", sagt Katharina und löst den Sicherheitsgurt. „Let's go and find out!"

Helmut Ansgar Benedikt steht an der Tür in einem dunkelblauen Anzug mit ganz akkuraten Bügelfalten in den Hosenbeinen, darunter trägt er ein offenbar gerade aus der Verpackung gezogenes Hemd, ebenfalls mit einer Menge scharfer Knickfalten.

„Oh, entschuldigen Sie, ich bin gerade auf dem Weg, äh, auf dem Weg nach ..." Er schaut nachdenklich.

„Einkaufen? Ins Café?", versucht Anne, ihm zur Hilfe zu kommen.

„Ins Café, ja, ins Eiscafé, wissen Sie, das ist nicht immer einfach mit Horst, der ... Ach, da ist er ja, Horsti, Horsti!"

Er öffnet die Tür weit, Horst springt ein paar Mal an ihm hoch und lässt sich ausgiebig streicheln, dann stürzt er an Benedikt vorbei in die Wohnung und rennt zu seinem Korb im Wohnzimmer.

Als Benedikt Katharina sieht, richtet er sich auf und schaut erfreut.

„Meine Tochter Katharina!", sagt Anne mit Besitzerstolz.

Benedikt macht eine leichte Verbeugung. Katha lächelt ihn an. Auf dem Weg durch den langen Flur konzentriert sich Anne auf die Zimmertüren, eine steht offen und gibt den Blick in ein ganz und gar leeres Zimmer frei. Alles schon wieder blitzblank, keine Spuren mehr von der Hausdurchsuchung, alle Achtung.

Benedikt kocht einen Tee. „Schön, dass Sie mich besuchen", sagt er, als die Frauen an dem großen Wohnzimmertisch sitzen. Und vielen Dank, dass Sie sich um Horst gekümmert haben."

Anne nickt nur und trinkt den Tee in kleinen Schlucken, ohne die schöne Teetasse abzusetzen. Katharina sitzt auf dem Boden neben Horsts Korb und streichelt ihn. Der lässt sich das gerne gefallen. Wie jung sie dabei aussieht, denkt Anne. Ein kleines Mädchen, wie damals, als sie ihren eigenen kleinen Mischlingshund gestreichelt hat. Nicht lange danach wurde der von einem Auto überfahren. Ein Drama. Danach hatte keiner in der Familie mehr einen Hund gewollt.

Wie kommt sie da jetzt drauf? Es ist ruhig hier, wie immer, und eine bleierne Schwere legt sich auf einen. Oder ist das nur der Tee? Sie schaut den Mann an, der die Arme entspannt auf seine Knie gelegt hat und den Blick auf einem der alten Bilder an der Wand gegenüber dem Esstisch ruhen lässt.

„Äh, Herr Benedikt ..."

Der Mann schaut sie nicht an.

„Herr Benedikt, beim letzten Mal, als ich hier saß, haben Sie mich gefragt, ob ich wüsste, was ein Heiliger ist."

Benedikt schweigt und schaut weiter auf das Bild. Eine Wanduhr tickt. Anne hält die Augen auf den Mann gerichtet, bis schließlich sein Blick wie aus weiter Ferne zurückkehrt. „Das war das vorletzte, vorletzte Mal", sagt er gedankenverloren, „in der Brücke."

„Ja, Sie haben Recht. Das war in der Brücke. Da haben wir über Heilige gesprochen. Ich habe damals gesagt, ich wüsste nicht genau, ob ich Heilige kenne, erinnern Sie sich daran? Aber das stimmt nicht ganz, ich kenne einen. Einen kenne ich, das ist der, der für die Brücken zuständig ist, der Nepomuk."

„Ja, der Nepomuk, der Nepomuk. Schutzheiliger der Brücken, des Beichtgeheimnisses, gegen Wassergefahren, für Verschwiegenheit." Benedikt legt bedächtig den Finger auf den Mund. „Das ist sein Zeichen."

„Heißt der nicht eigentlich Johannes?", lässt sich jetzt Katharina vernehmen, die inzwischen mit ausgestreckten Beinen an der Wohnzimmerwand sitzt und immer noch den Hund streichelt. Anne schaut die Tochter erstaunt an. Seit wann kennt die sich denn mit Heiligen aus? Die hat sich doch noch nie übermäßig für katholischen Volksglauben interessiert.

„Johannes *ne Pomuk*, aus Pomuk bei Pilsen in Tschechien", erklärt Benedikt. Katharina nickt.

Anne sieht erstaunt vom einen zum anderen. „Warum ist er heilig gesprochen worden?", fragt sie dann. „Was hat er getan?"

„Er war der Königin Beichtvater. Der Gemahlin Wenzels des Vierten in Prag. Er hat ihr Geheimnis gewahrt. Man hat ihn gequält und gefoltert, gebrannt und in die Moldau geworfen, aber er hat das Geheimnis nicht verraten. Trotz Folter und Brand." Benedikt nickt bestätigend. „Und später ist er ein Brückenheiliger geworden. Oder der Brückenheilige überhaupt?"

„Es gibt noch mehr Brückenheilige", wirft Katharina ein, „auf den meisten Brücken findet man allerdings den Nepomuk."

„In die Moldau warf man ihn. An der Karlsbrücke in Prag ist sein Denkmal, sein Denkmal", sagt Benedikt, und sein Blick wandert wieder zu dem Bild an der Wand.

Nein, denkt Anne, nicht weggehen, bitte nicht. Sie setzt sich im Stuhl auf und stellt geräuschvoll die kleine Tasse ab. „Warum haben Sie eigentlich Ihre Brücke verlassen?“ Ihre Stimme ist lauter geworden. „Und wo ist Maria?“

Horst hat bei diesen Worten aufmerksam den Kopf gehoben und sich etwas aufgerichtet. „Maria, Maria“, sagt Benedikt erschreckt. „Sie ist fort.“

„Sie haben sie bei sich getragen“, sagt Katharina von ihrem Platz auf dem Boden und lehnt sich wieder mit dem Rücken an die Wand, etwas entfernt von dem Hund, der jetzt aufmerksam vom einen zum anderen schaut.

„Sie war in der Brücke, in Sicherheit. Immer in der Brücke.“

„Kennen Sie übrigens die Hedwig auch?“, fragt Katharina und fängt wieder an, den Hund zu streicheln.

„Hedwig von Schlesien, die Tante der Elisabeth von Thüringen“, sagt Benedikt.

„Auch sie liebte Maria“, stellt Katharina fest, und Horst lässt seinen Kopf wieder auf die Pfoten sinken, hebt aber ein Augenlid und blinzelt.

„Ja“, sagt Benedikt bedächtig. „Auch sie hatte eine Maria, ja. Sie trug eine Maria bei sich. Von Zeit zu Zeit betrachtete sie Maria genau.“

„Das war eine kleine Marienstatue.“ Katharina wendet sich ihrer Mutter zu, die weiter erstaunt von einem zum anderen geschaut hat. Katharina steht nun vom Boden auf und setzt sich auf einen der vielen Stühle am Esstisch, direkt neben Benedikt.

„Und wissen Sie, was ich noch so cool finde, bei der? Sie ging immer barfuß. Im Winter und im Sommer. Und die hatten nicht so tolle Straßen und Asphaltwege wie wir heute. Besonders nicht im Wald. Muss also auch ganz schön weh getan haben. Aber das wollte sie so. Sie wollte den Schmerz spüren, den die Armen litten, und sie wollte nicht in ihrem privilegierten Leben ersticken. Eines Tages wollte der Bischof sie zwingen, Schuhe zu tragen. Schon aus Gründen der Schicklichkeit! Da besorgte sie sich Schuhe. Sie ließ sich die schönsten Schuhe machen und bezahlte sie teuer, um so wenigstens dem Schuhmacher zu dienen. Aber niemals zog sie die Schuhe an. Immer trug sie sie in den Händen. Ihr Leben lang. Niemals zog sie sie an."

Benedikt sieht Katharina glücklich an. „Sie hat eine List gebraucht, eine List."

„Klar, so kann man das sehen. Aber ich glaube das nicht. Sie hat sich widersetzt. Sie hat ihrem Herzen gehorcht, nicht der Obrigkeit. Sie hat getan, was für sie richtig war. Keiner hat das Recht zu gehorchen."

„Das hat Hannah Arendt gesagt, stimmt's?", wirft Anne ein, die dem Gespräch sehr aufmerksam gefolgt ist. Was hat Katharina vor? Sie selbst hat ihrer Tochter vor einiger Zeit eine Postkarte mit diesem Zitat von Hannah Arendt geschickt.

Benedikt, der gerade noch verklärt gelächelt hat, sitzt da, die Hände so schwer im Schoß, als gehörten sie nicht zu ihm, und ist anscheinend schon wieder reichlich geistesabwesend. Plötzlich steht er auf und beginnt, im Raum herumzulaufen. Auf und ab.

Kin Hin, denkt Anne. Nein, nicht schon wieder. So entgehst du uns nicht. Hier bleibst du. Sie steht auf, geht zu ihm hin und fasst ihn am Arm. Er hält inne und lässt sich willig zu seinem Platz am Tisch zurückführen.

„Ist es denn der Gehorsam, der Sie treibt?", fragt Anne ihn. „Dürfen Sie deshalb nichts sagen?"

„Es ist ein Geheimnis, ein Geheimnis. Es ist ein Beichtgeheimnis."

„Aber wo ist Maria?" Katharina sieht ihn an.

„Maria ist sicher, in Sicherheit."

„Aber sie ist nicht mehr bei Ihnen", sagt Katharina leise.

„Maria ist im Archiv der Polizei. Sie konnten sie nicht mehr schützen", erinnert Anne ihn. „Nichts ist mehr, wie es war."

Benedikt schaut sie betroffen an. „Aber der Mann. Es ist sein Geheimnis. Er hat mir sein Geheimnis anvertraut."

„Sie ist tot", sagt Anne. „Das kleine Mädchen, die kleine Lydia lag tot im Wald. Keiner kann sie mehr schützen. Auch Sie nicht. Aber vielleicht die anderen Mädchen. Denken Sie an alle die anderen Kinder. Was ist das Geheimnis? Sagen Sie es uns. Denken Sie an Maria, Elisabeth, Hedwig ..."

„Und Margaretha", wirft Katharina ein.

Benedikt schaut sie an. „Sie war noch so jung. So jung und so allein. Ich habe sie gesehen. Sie rannte, rannte die Straße entlang."

Die Frauen schauen ihn schweigend an.

„Der Mann wollte sie nach Hause bringen. Nach Hause zurück." Er steht auf und geht zum Fenster. „Er saß im Feld, im Distelfeld. Am Nachmittag. Am Samstag müssen wir nach Uffeln. Immer am Samstag. Doch da war der Mann. Er saß im Feld. Horst hat ihn gefunden, ja. Der Mann kam mit zu Maria. Er sah Maria und weinte und weinte. Das Mädchen sollte keine Hure werden, wie ihre Mutter. Sie sollte rein bleiben. So rein wie Maria. Dann ging er fort."

Anne geht zu Benedikt und legt ihm die Hand auf die Schulter. „Das war der Vater des Mädchens, richtig?"

Er zuckt die Achseln.

„Vielen Dank", sagt Anne. „Ich glaube, das Mädchen Lydia hat noch eine kleine Schwester. Die wird es Ihnen vielleicht auch eines Tages danken."

„Sag mal, seit wann kennst du dich eigentlich mit den Heiligen aus?", fragt sie Katharina, als sie wieder im Auto sitzen und in die Möllberger Straße eingebogen sind.

„Ja, da staunst du, was? Ich habe eine Doktorarbeit über Heilige auf dem Schreibtisch liegen. Ob du es glaubst oder nicht. Der Herta-Verlag verlegt neuerdings auch wissenschaftliche Arbeiten, die von den Autoren selbst gesponsert werden müssen, natürlich *Print on Demand*, der neue Trend."

„Was, das tut so ein seriöser Verlag auch?", fragt Anne zerstreut. „Aber du hast mir doch erzählt, dass du als Lektorin kaum noch Manuskripte liest, nur noch Zusammenfassungen oder so."

„Das stimmt, aber es ist natürlich nicht verboten, die Sachen ganz zu lesen. Und das mit den Heiligen, das fand ich einfach unwiderstehlich." Katharina lacht. „Und du hast ja auch gerade gesehen, dass dieses Thema offenbar von unglaublicher Aktualität ist. – Und was machen wir nun? Du weißt jetzt, wer der Mörder ist. Ich hatte es dir zwar schon vorher gesagt, aber was soll's. Was hast du jetzt vor?"

Anne hält ihr Handy in der Hand. „Versuchen Sie es bitte später noch einmal", hat ihr gerade eine freundliche Stimme empfohlen. Der „gewünschte Gesprächspartner" sei augenblicklich „not available". Dann eben nicht.

„Ich versuche es später noch einmal. Eigentlich müsste ich ja direkt in Herford anrufen", sagt Anne nachdenklich. „Aber lieber wäre mir, ich könnte erst mal mit dem Kollegen Schweiger persönlich darüber reden. Na ja. Ich gehe mal davon aus, dass der demnächst zurückruft. Und jetzt stelle ich dir erst mal mein neues Luxusobjekt im Wald vor. Mein Ferienparadies!"

27

Als Schweigers Audi an diesem Sonntagmorgen in der Nähe eines unscheinbaren Hauses auf der Lieth in Paderborn anhält, ist es schon nach zehn, beste Gottesdienstzeit also, nicht wahrscheinlich, dass er hier noch viele Bewohner antreffen wird. Bevor er den Mozart auf WDR 3 ausstellt und aus dem Auto steigt, blättert er noch einmal alle Unterlagen durch, die er sich vor seiner Abfahrt hat ausdrucken lassen. Im Rückspiegel sieht er den Wagen der Paderborner Kollegin herankommen.

„Tag, Frau Fitz", er winkt ihr zu.

Eigentlich hat er alle Papiere schon einmal überflogen, aber vielleicht ist ihm doch noch etwas entgangen. Was ist mit den Alibis? Bei Tobias gibt es keins, das wussten sie schon. Der war Freitag und Samstag zu Hause. Vater tot, Mutter auf Fortbildung. Lydias Mutter bei Verwandten, der Vater in Lippstadt auf der Arbeit. Wer hat das überprüft? Schweiger blättert weiter. Er kann das entsprechende Fax aus Paderborn nicht finden. Wer sollte denn überhaupt nach Lippstadt zu der Baustelle fahren und das Alibi überprüfen? Das ist wahrscheinlich in der Paderborner Konferenz besprochen worden, auf der Marc ihn vertreten hat.

„Frau Fitz, kommen Sie bitte mal her?", ruft er aus dem Autofenster.

Die Paderborner Kollegin, trotz des Feiertagseinsatzes ausgesprochen sonntäglich gekleidet, in einem kurzärmeligen, blauen Sommerkleid mit einer weißen Strickjacke darüber, kommt auf sein Auto zu und beugt sich zum halb geöffneten Fenster herunter.

„Morgen. Frau Fitz, wer hat eigentlich das Alibi von dem Vater des Mädchens überprüft?"

Die Frau schaut erstaunt. „Keine Ahnung, vielleicht war das Möller, mein Kollege", sagt sie dann, aber so, wie sie Schweiger ansieht, scheint sie da selbst ihre Zweifel zu haben. „Gab es denn Verdachtsmomente gegen den?"

„Alle Alibis sollten doch überprüft werden, oder? Hab ich das nicht so angeordnet? Na, vielleicht brauchen wir das jetzt nicht mehr."

Annedore Fitz runzelt die Stirn, aber sie sagt nichts dazu.

„Denn mal los!“ Schweiger steigt aus dem Audi und geht rasch Richtung Eingangstür, vor der zwei Autos stehen, eins davon ein Peugeot-Cabrio, das er schon einmal gesehen haben muss. Er überlegt einen Augenblick. Von diesen Autos gibt es natürlich eine ganze Menge. Dann fällt sein Blick auf das Kennzeichen. Bielefeld. „Oh nein“, denkt er, „nicht schon wieder.“

Anne Schall steht mitten im Kinderzimmer. Alina erzählt ihr gerade etwas über die Jungen in ihrer Klasse. Und über Lydias Schreibtisch, den sie jetzt benutzen darf.

„Wann kommt Lydia denn wieder?“, fragt das Mädchen plötzlich.

Anne weicht ihrem forschenden Blick aus. Was ist denn hier los? Haben die Eltern ihr das wirklich noch nicht gesagt?

Familie Mewes hatte noch am Frühstückstisch gesessen, als sie hereingekommen war und sich vorgestellt hatte. Diesmal hatte sie vorsorglich ihren Ausweis eingesteckt. Dann hatte sie am Tisch Platz nehmen und eine Tasse Kaffee mittrinken müssen.

Um halb zehn war der Vater der Familie vom Tisch aufgestanden, die Jungen hatten sich schweigend ihre Jacken übergezogen und dann waren die drei weggegangen, in die Versammlung. Die Mutter sollte mit Alina nachkommen, hatte der Vater in seiner ruhigen Art an der Tür gesagt.

„Wir gehen am Sonntag immer in die Gemeinde“, erklärte Frau Mewes.

„Zeigst du mir dein Zimmer?“, fragte Anne Alina, nachdem sie sich eine Weile bei Tisch mit dem Mädchen unterhalten hatte.

„Ich habe einen neuen Schreibtisch, bis Lydi wiederkommt, darf ich da arbeiten.“

„Wo wollte Lydia denn hin?“, fragt Anne.

Alina schüttelt den Kopf. „Das darf ich nicht sagen.“ Sie schaut Anne ernst an.

„Komm schon, du sagst es keinem, nur mir.“

Alina überlegt eine Weile, fängt dann an, in ihrer Schultüte zu kramen und zieht ein kleines Schreibheft heraus: „Mein Tagebuch." Sie blättert eine Weile darin herum, dann zeigt sie Anne eine Adresse.

„Hast du deinen Eltern auch die Adresse gezeigt?", fragt Anne.

Alina schüttelt energisch den Kopf. *„Nur für den Notfall,* hat Lydi gesagt. Ich kann auch kommen. Aber ich sollte mein Buch verstecken. Das habe ich auch gemacht. Aber dann hat die Mutti es doch gefunden." Sie schaut erschrocken hoch, als jetzt die Mutter in der Tür erschienen ist.

„Seit wann wussten Sie, wohin Lydia gefahren ist?", fragt Anne sie sofort.

Frau Mewes zuckt hilflos die Schultern.

„Haben Sie es ihm gesagt?"

Frau Mewes nickt. „Am Samstag. Beim Frühstück. Ich musste es ihm doch sagen. Er war wütend. Er wollte ...", sie verstummt.

„Ihr Mann hat also am Samstagmorgen gewusst, wo Lydia war?"

Frau Mewes nickt wieder.

„Wer ist diese Olga Mewes in Uffeln?", fragt Anne, nachdem sie einen genaueren Blick auf die Adresse geworfen hat. „Ihr Mann ist auch dorthin gefahren, stimmt's? Seine Schwester?"

Frau Mewes schaut sie nur stumm an.

Anne geht in den Flur, um ihr Handy aus dem Rucksack zu holen. Durch das Glasfenster am Eingang sieht sie den hochgewachsenen Mann vor der Tür stehen, den sie seit gestern zu erreichen versucht und dessen Arm sich nach rechts in Richtung Klingelknopf bewegt. Sie reißt die Tür auf. „Der Vater", ruft sie ihm zu, „ist zum Gemeindehaus."

Schweiger dreht sich um und nickt Annedore Fitz zu, die hinter ihm steht.

„Da lang!" Sie deutet die Straße hinunter.

Anne geht mit hängenden Schultern noch einmal ins Haus zurück und bittet Frau Mewes, bei Alina zu bleiben. Als sie wenig später am Gemeindehaus ankommt, steht Lydias Vater davor und streckt Schweiger die Hände hin. Aus dem Versammlungsraum schallt lauter Gemeindegesang. „Gott ist die Liebe, lässt mich erlösen."

Herr Mewes ist ein untersetzter, sehr kräftiger Mann mit großen Händen und einem freundlichen, früh gealterten Gesicht. Seine dichten, dunkelbraunen Haare sind gerade gescheitelt, und er trägt einen etwas abgetragenen Anzug, der längst aus der Mode gekommen ist. Die Jacke steht über dem Bauch offen.

„Sie durfte nicht zu Olga. Ich konnte sie nicht dahin lassen. Sie durfte nicht werden wie ihre Mutter", sind die einzigen Worte, die er sagt, als Schweiger ihn wegführt, die Straße entlang, durch die Siedlung bis zu dem Haus, wo das Auto steht.

In der Polizeidienststelle in Herford wartet Olga auf ihren Bruder Eugen.

Sie will ihm in die Augen sehen, ihrem Bruder, der ihr das Kind genommen hat.

„Er hat herausgefunden, wohin sie wollte und ist ihr am Samstagmorgen hinterhergefahren", sagt Marc Willems, der sie ins Büro gebeten hat.

„Aber er war doch in Lippstadt. Das ganze Wochenende, sagt meine Schwägerin."

„Als Lydia am Freitag nicht nach Hause kam, hat seine Frau ihn angerufen. Er hat ihr untersagt, irgendetwas zu unternehmen oder mit irgendjemandem darüber zu sprechen, dass Lydia nicht nach Hause gekommen war. Dann ist er noch am selben Abend von Lippstadt zurückgekommen, um sie zu suchen. Auch bei ihrem Freund Tobias, den er schon lange im Verdacht hatte, ihm das Mädchen zu entziehen. Aber da hat er wohl keinen angetroffen oder die haben nicht geöffnet."

„Aber warum ist mein Bruder nicht einfach zu diesem Tobias hineingegangen und hat Lydia herausgeholt, wenn sie da war?", fragt Olga Mewes verzweifelt.

„Er hat es ja versucht. Er hat stundenlang geklingelt. Im Haus gab es keinen Laut. Alle Lichter waren aus. Er hatte zwar ganz kurz ein Geräusch gehört, dann war aber alles sehr ruhig. Irgendwann hat er total wütend aufgegeben und ist erst mal nach Hause gegangen, wollte aber am nächsten Tag wieder hin."

„Und Lydia war Samstagmorgen schon weg, als er wiederkam."

„Nein, er kam gar nicht wieder. Er fuhr direkt nach Vlotho. Nachdem er eine Adresse gesehen hatte. *Für den Notfall*. In Alinas Tagebuch. Da war ihm wohl alles klar."

„Das Kind hat ihm die gezeigt?"

„Nein, das Kind hat dichtgehalten. Die Mutter war das."

„Und meine Schwägerin hat gewusst, dass mein Bruder am Samstag hinter Lydia hergefahren ist, zu mir? Und warum hat sie mich nicht angerufen und gesagt, dass er kommt? Ich hätte doch ... Ich wäre doch nicht ..."

„Ihr Bruder hat den Zug um neun Uhr fünfzehn genommen. Genau eine Stunde später als das Mädchen. In Vlotho ist er ausgestiegen und losgelaufen, über die Weserbrücke und dann die Rintelner Straße hinunter. Er hatte ja keinen Taxi-Bus bestellt, genauso wenig wie Lydia. Die hatte sich wohl auf dem Weg zu ihrer Tante zu sicher gefühlt und sich dann bei der kleinen Elfi zu lange aufgehalten. So konnte er sie einholen. Als Lydia ihn vom Garten des Hotels Karli aus gesehen hat, ist sie dann völlig panisch die Straße entlang und nach oben in den Wald gelaufen."

„Und was war am Bahnhof, als der Zug hier ankam? Warum hat Lydia nicht auf mich gewartet? Ich war ein paar Minuten zu spät, aber ich hatte ihr doch versprochen, dass ich kommen würde."

Marc zuckt die Achseln. „Da kann man nur spekulieren. Vielleicht wollte sie Ihnen einfach entgegengehen. Jedenfalls hat sie sich noch etwas zu essen gekauft in Uffeln. Und sie hat herausgefunden, in welche Richtung sie laufen musste."

„Er hat sie umgebracht, weil er nicht wollte, dass sie wieder zu mir, ihrer Mutter, zurückfindet?" Olga, die die ganze Zeit am Tisch gestanden hat, zu aufgeregt, um sich hinzusetzen, lässt sich jetzt erschöpft auf einen Stuhl fallen und stützt den Kopf in die Hände.

„Er sagt, er habe sie nur aus dem Wald holen und nach Hause bringen wollen und dabei sei sie gestürzt." Marc legt ihr die Hand auf die Schulter. „Sie hätten das nicht verhindern können", meint er dann.

„Doch", sagt sie bitter, „ich hätte mich um sie kümmern müssen."

Marc setzt sich auf den Stuhl ihr gegenüber und schweigt. Wie soll man damit fertig werden? Er weiß es auch nicht.

„Glaubst du an diese Unfall-Geschichte?", fragt Schweiger Marc, nachdem er Eugen Mewes in den Raum geführt hat, in dem Olga auf ihn wartet. Die Beamten haben die beiden Geschwister auf der anderen Seite der Glasscheibe im Blick. „Sicher", antwortet Marc. Jetzt erst recht, nachdem er diesen ruhigen, besonnenen und defensiven Mann verhört hat. „Ein Unfall. Körperverletzung", fügt er hinzu.

Schweiger schnaubt wütend. „Das würde euch so passen. Ein Unfall. Leider, leider ist das arme Kindchen der Wut eines Stärkeren in die Quere gekommen. Ein Unfall! Also eins kannst du mir glauben: Baptist hin und her. Der fromme Mann ist auch nicht besser als alle anderen. Und wenn es nach mir ginge, müsste man ihn so lange festsetzen, bis er kapiert, was er angerichtet hat."

Schweiger wirft sich die Jacke über und geht mit langen Schritten aus dem Raum. Marc steht auf und tritt zum Fenster. Vor dem Präsidium steht ein Peugeot-Cabrio mit offenem Verdeck. Die Sonne scheint. Die Bielefelder Kommissarin, die alte Waldschnepfe, lächelt Schweiger zu und weist auf die offene Beifahrertür des Cabrios.

28

Es ist kein Traum.

Anne greift über die weiße, gestärkte Bettdecke, die bei ihrer Berührung knistert und einen frischen Wäscheduft ausströmt. Immerhin liegt der Mann diesmal zur Frühstückszeit noch da und ist noch nicht schon wieder in Richtung Polizeipräsident verschwunden. Überhaupt: Frühstück. Das wäre mal was, nach diesen nächtlichen Leibesübungen. Oder mindestens Kaffee. Vorsichtig berührt Anne das Gesicht des schlafenden Mannes und fährt mit dem Finger eine der scharfen Falten nach, die sich von seiner Nasenwurzel bis zum Kinn ziehen. Lachfalten, oder?

Jetzt ist sie schon das zweite Mal innerhalb von zwei Wochen in diesem Vlothoer Hotel und das eher mit deutlich wachsendem Vergnügen. Auch in der Wahl des Zimmers haben sie sich gesteigert. Ein Doppelbett. Anne reckt sich mit ausgesprochenem Wohlbehagen und betrachtet den Schläfer an ihrer Seite. Von Wechseljahresbeschwerden war weder bei ihr noch bei ihm etwas zu spüren gewesen.

Er hatte sie wieder überredet, ihn ins Adria zu begleiten. Irgendwann hatte sie ihm einmal kurz und wirklich ganz unverbindlich über das graue Haar gestreichelt, das immer noch ein bisschen seiner ursprünglichen Farbe hatte. „Warst du eigentlich früher blond oder eher rothaarig?", fragte sie ihn ernsthaft.

Er sah ihr in die Augen, nahm ihre Hand und führte sie sich theatralisch an die Lippen. „Später", sagte er dann, „erst möchte ich doch gerne einmal wissen, wie du auf den Vater des Mädchens gekommen bist."

Anne legte den Finger senkrecht auf ihre geschlossenen Lippen. „Beichtgeheimnis. Ein Beichtgeheimnis", sagte sie verschwörerisch.